SOODOOG

SOODOOG

CABDULQAADIR C. DIIRIYE

GARANUUG

1

Qofkii dumar ah ee soo muuqataba waxay la raacaysay indhaha, waayo ma garan karto sida saaxiibteed Xaawo u ekaatay soddon iyo kow sano oo ay kala maqnaayeen. Waxaa maskaxdeeda dhex mushaaxayay mawjado xusuus ah oo macaan iyo kharaarba leh, oo yaraanteedii iyo xaafaddii ay ku kortay dib ugu celinayay. Sawaxanka dadka, guuxa gawaarida, iyo dabaylo ka dhacayay garoonka diyaaradaha ayaa hadba kala goynayay xusuustaas fog ee Faadumo dhex muquuranaysay.

Labo saacadood ka hor ayay diyaaraddii Faadumo la socotay soo degtay. Inkastoo boorsooyinkeedii dhaqso u soo baxeen, farxadda ay ka heshay inay waddankeedii ku soo noqotay ayay ku illawday inay alaab sidatay, oo markay soo degtayba, toos ayay u abbaartay miisaskii ay fadhiyeen saraakiisha socdaalku si ay waddanka degdeg ugu gasho. Dadkii dibedda u soo baxay ee boorsooyinka jiidanayay ayay ku xusuusatay kuweedii, markaas ayay damacday inay dib u noqoto. Laakiin dhib ayay kala kulantay in loo oggolaado inay u gudubto meesha boorsooyinku yaalleen, oo ciidanka ammaanka ayaa hor joogsaday. Ciidanku amarka ay fulinayeen ayaa ahaa in qof fasax gaar ah sita maahee aan qof kale loo oggolaan inuu soo galo gudaha.

Dibedda ayay mar kale u soo baxday. In yar markay fadhiday, ayay aragtay wiil dhallinyaro ah oo xiran dharkii ay xirnaayeen shaqaalaha garoonka.

"Eeddo…"

"Haa Eeddo…?"

"Eeddo ma i caawin kartaa?"

"Maxaa jira? Maxaan kaa caawiyaa?"

"Eeddoow waxaan illaaway inaan soo qaato boorsooyinkaygii"

"Xaggee ka timi?"

"Eeddo hadda Dubay ayaan ka soo kacay laakiin reer Maraykan ayaan ahay… Eeddow waa kuu ducaynayaaye ma ii soo saari kartaa boorsooyinka?"

"Wallaahi ma aqaan. Bal i sug aan qolyaha amniga la hadlee."

Wiilkii wuxuu galay garoonka gudihiisa. Xoogaa markuu maqnaa ayuu soo noqday.

"Eeddo ma sidataa warqaddii uu ku qornaa tirsiga alaabtaada?"

"Haa, haa…, sug Eeddo aan soo bixiyee." Boorsadii ay gacanta ku sidatay ayay ka soo saartay warqado yaryar oo laga soo siiyay garoonka Dubay oo ay ku yaallaan lambarrada alaabteedu.

Wiilkii mar kale ayuu warqadihii yaryaraa kula noqday gudaha.

Faadumo waxay markii hore welwel ka qabtay in ay alaabteedii waydo. Hadda welwel cusub ayaa kii hore ugu biiray. Waxay ka shakiday wiilka naftiisu inuu alaabta soo qaato oo irrid kale kala baxo.

"Haddaan magaciisa weydiin lahaa... Ilaahoow sahal."

Warka qurbaha loogu soo sheegi jiray wuxuu ahaa in dadka waddankii ku haray, ay ammaanada iyo asxaanku ku yaraadeen oo ay siyaabo kala duwan dadka wax uga qaataan.

Waa barqo dheer oo xoogaa qorraxda ayaa soo kululaanaysa, laakiin kulka ma dareensana Faadumo oo waxay isha ku haysaa illinka hore ee garoonka dadka ka soo baxaya. Ku dhowaad 20 daqiiqo ka dib ayuu soo baxay wiilkii isagoon gacanta waxba ku sidan.

"Eeddo kaalay, qolyaha amniga ayaa ku raba."

Faadumo waxay raacday wiilkii. Wuxuu gudbiyay saddex irridood oo labo ka mid ah shaqaalaha keliya loo oggol yahay. Wuxuu u sheegayay ilaalada in uu oggolaansho ka haysto madaxda amniga.

Xoogaa ka dib ayuu soo galiyay Faadumo meeshii alaabtu taallay.

"Soow kuwaan maaha boorsooyinkaagii?"

"Haa Eeddo."

"Haye, sug aan kuugu yeero wiilal kula qaada."

"Eeddo dhib ma leh anigaa..."

"Maya Eeddo waa culus yihiin boorsooyinku. Sug in yar."

Wiilkii ayaa soo kaxaystay dhallinyaro kale waxayna jiideen boorsooyinkii Faadumo ilaa ay dibedda ugu saareen.

"Eeddo ma kuugu yeernaa tagsi? Yaa kula qaadaya alaabta?"

Faadumo oo shakisan ayaa tiri, "Maya eeddo... een... gabar aan saaxiib nahay ayaa ii soo socota... Mahadsanid, Eeddo."

Wiilkii boorsooyinkii wuxuu ugu tiiriyay meel gidaar ah.

"Haye Eeddo. Ilaahay ha ku nabad yeelo."

"Eeddo... maxaan ku siiyaa?"

"Waxba Eeddo. Maalin walba sidaas ayaan dadka u caawinnaa. Ku soo dhowoow dhulkaaga hooyo."

Wiilkii, isagoon dib soo eegin, ayuu ku noqday gudihii.

Saacad kale ayay Faadumo joogtay garoonka dibeddiisa.

Wiilkii ayaa mar kale ka soo baxay garoonka.

"Eeddo weli ma joogtaa?"

"Eeddo ma aqaan wax ku dhacay saaxiibtay. Waaba la soo hadlay xalay laakiin hadda teleefanka ma qabanayso."

Waxaa soo muuqday saddex qof oo dumar ah oo kala da' ah. Dhinaca irridaha garoonka looga soo baxo ayay ku degdegayaan indhahana ku hayaan. Markay irriddii hore galeen oo in cabbaar ah maqnaayeen ayay haddana soo noqdeen oo dadkii dibedda taagnaa mid mid u eegeen. Waxay u soo dhowaadeen Faadumo.

"Walaal magacaa? Faadumo miyaa tahay?"

"Haa, yaa waaye?"

"Walaal Xaawo ayaa na soo dirtay. Waa kaa soo daahnaye raalli ahaw."

"Xaawo meeday, maxaa ku dhacay?"

"Hawlo xaafadda ah ayay ku mashquushay walaal ee soo bax annagaa ku kaxaynaynee."

Faadumo alaabtii ayaa gabdhihii u saareen baabuur ay wateen iyadana kursiga hore ayaa la fariisiyay. Xoogaa iswaraysi iyo isbarasho ayaa lagu mashquulay intii baabuurku garoonka ka soo fogaanayay. Gabadha ugu yar dumarka waxay ahayd Sahro oo ah curadda Xaawo. Faadumo aad ayay ugu faraxday aragtida curadda saaxiibteed.

Faadumo ma garan karin in dariiqyada ay maraysaa yihiin kuwii dhisnaa waagii ay waddanka joogtay. Daarihii gaagaabnaa waxaa beddelay kuwo dhaadheer, markaa dariiqii wuxuu u ekaaday inuu ka yaraaday intii uu ahaan jiray. Waxaa kaloo laga yaabaa in Faadumo waddooyinkii Maraykanka ee waaweynaa weli maskaxdeeda ku sii sawiran yihiin.

Dhismayaasha markay mid garato ayay ka qiyaas qaadanaysay meesha la marayo. Waxay kaloo isku dayaysay inay garato meelaha waddooyinku iska gooyaan, oo markii la soo gaaro meel isgoys ah, waxay weydiinaysay gabdhaha magaca isgoyska. Qaar magacyadoodii waa isbeddeleen qaarna weli sidii ayaa loo yaqaan.

Markii horeba magacyada meelaha muhiimka ah, sida suuqyada iyo isgoysyada, waxaa laga qaadan jiray dhismayaasha u dhow, sida huteellada ama makhaayadaha. Haddii huteelladii iyo makhaayadihii isbeddeleen, magacyadiina waa isbeddeleen.

Cabbaar markii la socday ayaa Faadumo joojisay hadalkii. Wejiga waxay saaratay maro oo indhaha keliya ayaa ka muuqaday. Indhaha waxaa ka socda ilmo aanay celin karin. Gabdhihii uma jeedaan wejiga Faadumo oo gadaal ayay gaariga ka fadhiyaan. Cabbaar markii Faadumo hadli wayday ayaa Sahro la hadashay.

"Eeddo magaalada wax badan ayaa iska beddelay soow maaha?"

Jawaab ma helin Sahro.

Gabdhuhu waxay u haysteen in Faadumo daallan tahay ama aanay maqlin hadalka Sahro. Darawalkii ayaa mar eegay dhinaca Faadumo. Wuxuu arkay ilmo ka socota oo qoysay maradii wejiga ka saarnayd.

"Walaal ma fiican tahay?"

Ma jawaabin Faadumo.

Waxaa la marayay meel xusuus xanuun badan Faadumo ku reebtay. Waa meelihiii ugu dambeeyay ee ay maagalada ka aragtay intaanay ka qixin dagaalladii sokeeye. Waa meeshii lagu aasay ninkeedii Xuseen. Maahayn meel qubuur ah, laakiin danta ayaa ku qasabtay dadkii inay qof walba meesha uu ku naf waayo ka qodaan god jirka qarin kara, markaana ciidda ku rogaan.

2

Maalmahaan waxaa aad isu soo tarayay wararka sheegaya colaadda ku baahday dhulka Soomaalida, iyo in dadkii wada degganaa nacayb iyo kala fogaan dhex galayso. Sheekooyinka iyo ceebaha kala dhex galay Soomaalida ee la soo sheegayo qaarkood xaafadda lagama rumaysto, waayo in waxaasu dhici karaanba looma haysan.

Waxaa sii baaba'ayay awooddii iyo muuqaalkii dawladnimo, oo ma jirin hay'ad si caadi ah u shaqaysa. Colaadaha iyo wararka naxdinta leh ee soo gaarayay magaalada ayaa sii wiiqayay isku xirnaantii bulshada, oo abuurayay cabsi iyo in qof walba si hoose ugu diyaargaroobo dhibaato ay muuqato in ay soo fool leedahay.

Odayaasha xaafaddu waxay galabtii isugu iman jireen guriga Maxamuud. Raggaasu waxay u badnaayeen rag soo gaaray Soomaali oo aan lahayn dawlad, waxaana ku weynayd dawladnimada, oo waxay galab walba ka sheekaysan jireen burburka socda iyo raadka uu ku yeelan karo dawladnimada Soomaalida.

Maalmaha dagaalladu ka bilowdeen magaalada maalin ka mid ah, ayaa la soo sheegay in bangigii dhexe la jabsaday oo wixii hanti yaallay la dhacay, iyo in qoraalladiisii kaydka ahaa dibedda lagu soo daadiyay. Maalin kale in Laantii Socdaalka agteeda lagu dagaallamay oo tuugo gashay Laantii, oo sanduuqyo ay ku jiraan galal baasaboorro aan weli wax lagu qorin iyo wixii kayd ahaa suuqa lala aaday. Mar kale in Wasaaraddii Arrimaha Dibedda kaydkeedii ay dabayshu sii wadday meelo fog. Jaamacaddii Ummadda in wixii kayd iyo qoraallo yaallay irridaha loo furay oo ay waddooyinka babbanayaan. Wararka noocaas ah waxay keeni jireen murugo iyo welwel ay raggu muddo la aamusnaadaan.

Warqadahaas muhiimka ah qaar ka mid ah waxaaba laga helay xaafadda, oo ciyaalka ayaa ku ciyaarayay.

Maalintii dagaalku ka bilowday magaalada waxaa joogsaday noloshii caadiga ahayd iyo iska-warqabkii xaafadda, oo reer walba wuxuu ku mashquulay siduu noloshiisa ula tacaali lahaa.

Waxay ahayd maalin Axad ah oo Xuseen isu diyaariyay inuu aado shaqadii, taas oo bilaaban jirtay toddobada iyo barka subaxnimo. Markuu sidii caadiga ahayd quraacday, oo dharkii shaqada xirtay, ayuu sagootiyay Faadumo iyo carruurta oo dhawr daqiiqo u sii socday dariiqa weyn, kaas oo aan guriga ka fogayn. Halkaas ayuu ku sugi jiray baabuurka shaqada u qaada subax walba. Maalintaas baabuurkii ma soo marin. Muddo markuu taagnaa ayuu Xuseen iska soo noqday. Wuu ogaa in nabadgalyada magaaladu ay soo xumaanaysay maalmahaas, oo bishii la soo dhaafay dhawr maalmood ayaanu shaqo tagin arrimahaas nabadgalyada awgood.

Barqadii ayay Faadumo iyo Xuseen maqleen shanqar culus oo la moodo onkod meel fog ka yeeraya. Dibedda ayay gurigii uga soo baxeen si ay u ogaadaan meesha shanqartu ka yeerayso. Bannaanka guriga hortiisa ah waxaa iyaguna u soo baxay dhawr qoys oo deriska ah, oo iyaguna ka war doonayay shanqarta. Dhinaca ay wax ka dhacayaan waa la qiyaasi karaa, laakiin wax intaas ka badan lama garan karo.

Labo nin oo jawaanno dhulka ku jiidaya ayaa ka soo muuqday dhinaca laamiga dhex mara xaafadda.

"Nimankaas bal aan waraysanno." Ayuu yiri Xuseen oo xaafadda si gaar ah looga qaddarin jiray.

Waxaa lagu jeclaa inuu si hoose uga warqabi jiray deriska oo markii beertiisa, oo ku taallay meel magaalada ka baxsan, miruhu ka soo go'aan, habeenkii ayuu deriska tabaalaysan u qaybin jiray qayb ka mid ah wixii soo go'ay.

Wuxuu ka shaqayn jiray Wasaaradda Maaliyadda,

oo sannad ka hor ayuu ka soo noqday waxbarasho labo sano ah oo uu ugu maqnaa Maraykanka. Markuu soo noqday, hadyado badan ayuu u keenay deriska, ilaa saddex maalmoodna waxaa gurigiisa lagu qalayay xoolo, oo deriska iyo dadka dariiqa maraya irriddu waa u furnayd.

Labadii nin markay soo gaareen guryihii ayay iyagoon wax la weydiin bilaabeen inay warramaan. Waxaa ka muuqday daal iyo naxdin. Waa dhididsanaayeen, waa neeftuurayeen, dadkana si taxaddar leh ayay isaga eegayeen.

"Khalaas...! Rejo ma laha tan... Meel la maro ma laha. Madaafiic ayaa magaalada oo dhan ka dhacaysa."

Nimanku waxay jiidanayeen alaab xoogaa ah oo ay awoodeen inay guryahoodii ka soo qaataan. Xalay ayay carruurtii u direen xaafado geeska magaalada ku yaal oo weli nabad ah.

Waxaa dareen cusub ahaa in ciidammada dagaallamayaa u kala safan yihiin qabiil. Dadka xaafadda deggan waxay u qaybsanaayeen labo kooxood: dad da'doodu 40 sano ka weyn tahay oo soo gaaray iyadoo aan Soomaalidu dawlad lahayn, oo qabiil wax lagu doonto, laakiin wadajooggii iyo derisnimadii dheerayd ee ay xaafadda ku wada degganaayeen, ku walaaloobay oo ku illaaway wixii hore.

Kooxda kale waa dhallinyaro aan fahamsanayn wax qabiil la yiraahdo. Waxay dhasheen oo wax barteen iyadoo dawlad la yahay. Dhallinyaradaasu dadka waxay ku kala soocaan muuqaalkooda, xirfaddooda, iyo dhinaca ay xaafadda ka deggan yihiin. Ciyaarta kubbadda oo aad xaafadda looga ciyaaro ayaa iyaduna dhallinyarada wiilasha ah u yeesha magacyo. Xuseen Darbaweyne, Cabdi Boortayeeri, Faysal Durmadheere, iyo naynaaso kale ayaa xaafadda laga isticmaalaa.

Kooxaysiga keliya ee dhallintu taqaannay wuxuu ahaa in mararka qaar labo xaafadood isdhagxiyaan ama kubbad wada ciyaaraan. Markaas qof walba dhallinta xaafaddiisa ayuu u hiillin jiray, laakiin wuxuu ahaa wax maalmo ama saacado ku dhammaada, oo heshiis iyo kaftan ka dambeeyo.

Dadkii isugu soo baxay bannaanka ayaa ka wada sheekaystay xaaladda soo muuqata iyo wixii laga yeeli lahaa. Ma ahayn shir talo-wadaag lagu yahay e, wuxuu ahaa istusaalayn iyo saadaalin sida wax noqon karaan. Xoogaa haddii la sheekaystay, dadkii waa kala tageen oo qof walbaa gurigiisii ayuu dib ugu noqday.

Maalinba waxaa sii adkaanayay in magaalada laga danaysto oo suuqyadii waa xirmeen. Gaadiidkii waa istaagay. Bangiyadii ma furna. Qof walba xoogaagii markaas jeebkiisa ku jiray ayuu xoolo ka haystaa.

Waxaa waddooyinka ku badnaa dad soconaya oo

alaab jiidanaya ama gaari-gacan ku sita alaabtoodii. Waxaa iyaguna jiray dad waayeel ama curyaan ah oo aan socon karin, oo lagu sido gaari-gacan oo loo qixinayo xaafado nabadgalyo leh.

Subax iyo galab walba dibedda ayaa loo soo baxaa si loo waraysto dadka dariiqa maraya. Wararka la sheegayay maalinba waa sii xumaanayeen. Maalintii saddexaad ayaa waxaa dariiqii soo maray nin naxdin badan ka muuqato. Wuxuu gacanta ku sitaa moqorof iyo fargaas uu guryaha ku dhisi jiray, oo uu gidaarrada ku shamiitayn jiray.

Ninku hadba dhinac ayuu u socdaa isagoo isla hadlaya.

"Saddex beri waaye hadda. Yaah! Caano ma heestaan."

Faadumo ayaa weydiisay waxa ku dhacay.

"Walaal sidee tahay? Dhib maa jira?"

"Subax walba qalabkayga ayaan qaadan jiray. Magaalada ayaan ka raadsan jiray meel wax laga dhisaayo, wixii aan soo helo ayaan ilmaha caano ugu gadan jiray. Hadda saddex beri wax la dhisayo ma laha... yaah, ma kasaayi wallaahi... yaah."

Faadumo waxaa u muuqatay in nabadgalyo xumadu saamayn ku leedahay dadkoo dhan. Laakiin dadku kala nugul yihiin, oo dadka qaar xabbad u dhimanayaan qaarna intaan xabbadduba soo gaarin ay gaajo u dhimaayaan. Wax ay ninka siiso ma hayn, waayo iyada xataa raashinkii ugu dambeeyay ayaa gabaabsi ka ah.

Waxay soo xusuusatay nin ay deris yihiin oo la

yiraahdo Coonka oo sidaas oo kale maalin walba u kallihi jiray inuu soo shaqaysto wixii maalintaas ama berri reerkiisu cuni lahaayeen. Iyadoo og inaanay waxba hayn ayay haddana hoos ka welweshay.

"Wallee ceeb looma dhinto! Deris xun ayaan nahay. Waan illawnay reer Coonka iyo carruurtiisii."

Dagaalka ka hor, dadka lacagta kaydka ah haysta xataa inta badan subixii ayay suuqa ka doonan jireen wixii maalintaas la cuni lahaa, oo lama aqoon raashin guriga lagu sii kaydiyo ama in qaboojiye wax lagu haysto. Dad yar ayaa xoogaa raashin qallalan ah guriga dhigan jiray.

Galabtii ayaa Xuseen go'aansaday inuu berri magaalada aado si uu reerka ugu doono raashin. Waxaa loo soo sheegay in bakhaarradii iyo dukaammadii suuqyada, inta badan dadkii lahaa rarteen ama tuugo hubaysan dhacday, oo aanu helayn raashin iib ah. Dad waxay soo dhaceen dariiqyada la taagan waa jireen, laakiin Xuseen wuxuu islahaa waxaad ilmaha siinayso iska hubi oo xalaal u doon.

Meesha keliya ee uu maskaxda ku hayay waxay ahayd nin ay qaraabo yihiin oo Cali-Dheere la yiraahdo, oo lahaa bakhaar raashinka lagu iibiyo. Wuxuu islahaa, kolley gurigiisa waad ka soo helaysaa xoogaa raashin ah oo uu bakhaarkii ka qaaday. Guriga Cali-Dheere wuxuu ku yaallay magaalada dhinaceeda kale mana jiro gaadiid la raaco. Xuseeen wuu ogaa gaadiid la'aanta iyo nabad xumida dariiqa uu sii marayo. Dadkii soo qaxayay oo xaafaddiisa soo marayay ayaa u sheegayay dariiqyada weli furan ee la mari karo, ee magaalada geeskeeda kale lagu gaari karo. Dagaallada socdaa kuma koobnayn qaybo ama dariiqyo gaar ah, oo subax walba dhinac ayay u fidayeen dhinac kalena waa ka durkayeen.

Maqribkii ayuu Xuseen qaatay labo caag oo waaweyn iyo baaldi bir ah, oo aaday guri xoogaa ka durugsan oo lagu sheegay in weli biyo ka socdaan. Magaaladu biyo ma leh oo matoorradii biyaha soo tuuri jiray waxaa qarxiyey qolyo isxabbadaynayay, ka dib markii ay shidaalkii ka shubteen. Shaqaalihii hagaajin lahaana guryihii kama iman karaan ama waaba ka baxeen magaalada. Sannado ka hor ayaa dawladdu amar ku bixisay in ceelashii guryaha ku yaallay la aaso, iyadoo ka baqaysa in nadaafaddarro darteed cudur laga qaado. Waqtigaas waa laga maarmay ceelasha oo Wakaaladdii Biyaha ayaa dadka ka haqabtiri jirtay baahida biyaha. Guri walba waxaa soo gali jirtay tuubbo u keenta biyo nadiif ah, laakiin nabadgalyo xumada iyo maamulka oo sii wiiqmayay ayaa keenay in dhawrkii bilood ee u dambeeyay, aanay biyuhu si toos ah ugu iman inta badan xaafadaha magaalada.

Guriga biyuhu ka socdeen waxaa lahaa Maxamuud oo isaga iyo xaaskiisaba ay reer Xuseen asxaab yihiin. Intii Xuseen biyaha dhaansanayay waxaa guriga ku sheekeysanayay dad kale oo iyaguna biyo soo doontay. Xuseen wuxuu ku mashquulsanaa socodka uu berri gali doono iyo waxa uu kala soo kulmi doono guriga Cali-Dheere. Markuu buuxiyay caagaggii ayuu labadii caag dhulka, sidii fuusto jiifta, u seexiyay baaldigiina gacanta ku qaatay. Labada caag ayuu marba mid lugta ku riixaa ilaa uu ka soo gaaray gurigii. Waxay ahayd waqti ku beegan salaaddii cishaha, inkastoo aan addin la maqlin. Waayo masaajiddu ma lahayn koronto oo cod baahiyuhu ma shaqaynayn.

Markii waagu beryay ayuu Xuseen, isagoon quraacan, u sheegay Faadumo inuu doonayo subaxa hore inuu baxo si uu dhaqso uga gudbo xaafadaha dagaalladu ka socdaan, waayo wuxuu islahaa waa waqti qolyihii dagaallamayay sii kala jeedaan oo aan xabbado dhacayn.

3

Maalin iyo habeen ayuu hadda maqan yahay. Faadumo welwelka ay ka qabto maqnaanshaha Xuseen waxaa u weheliyay, in aanay hayn wax raashin ah oo ay u kariso ilmaha. Raashinka uu Xuseen ku maqan yahay ayaa la wada sugayay. Madaafiic xoog leh ayaa shalay iyo maanta dhacayay oo xaafadaha la isuma gudbi karo. Dad badan oo qaxaya oo alaab ku raran ayaa hadba guriga soo hor marayay. Faadumo hadba dibedda ayay u soo baxdaa si ay uga eegto dadka qof ay garato oo bal wuxuun war ah ka siiya ninkeedii.

Ilaa shalay ilmaha biyihii Xuseen soo dhaamiyay oo ay u tashiilaysay, iyo bur ay dhuxusha u hoos galinaysay oo kimis uga dhigaysay, ayay ku aamusiinaysay. Hurdo ma qaban intaas oo jirkeeda iyo maankeedaba waxaa ka sii dhammaanaya dulqaadkii.

Dadka dagaallamayaa ma laha dhaqan ciidan ama tababbar, oo shacabka iyo kooxaha la dagaallamaya ma kala soocayaan. Xataa kuwii ka tirsanaaa Ciidammadii Qalabka Sidey waxay hadda ku dagaallamayaan dareen iyo maskax qabiil. Kooxahaasu dadka waxay weydiinayaan inay sheegaan qabiilkooda. Qofkii ay garan waayaan iyo kii ay cadaw u gartaanba, waxaa dhici kartay inay dilaan. Maydad badan ayaa dadka soconayaa u sheegeen Faadumo inay yaallaan dariiqii ay soo mareen. Saacaddii dhaaftaba waxay u kordhinaysay welwel.

Ilmaha kama tagi karto oo amaankooda ayay u baqaysaa, iyaguna ma gaarin da' ay iskood isugu maamulaan. Magaalada kuma badnayn taleefannadu xoogaagii jirayna habeenkii dagaalku bilowday ayaa la jaray, oo Faadumo lama hadli karin gurigii reer Cali-Dheere iyo meel kale midna.

Galabtii saddexaad ayaa waxaa guriga yimi wiil Xuseen adeer u ahaa oo daal badan ka muuqdo oo ka yimi gurigii reer Cali-Dheere.

"Cabdulle, Eeddo fariiso, Xuseen goormuu idin ka yimi?"

"Eeddo, Adeer Xuseen ma noo imaanin!"

"Alla maxaa ku dhacay!"

Wiilkii ayay ku tiri iila sii joog carruurta bal aan war doonee.

"Eeddo maya... meel walba xabbad ayaa ka

dhacaysa oo aniguba maalin iyo habeen ayaan soo socday, oo hadba meel ku dhuumanayay."

"Maya... ma joogi karo, Eeddo, anigoon Xuseen ka war helin!"

Faadumo waxay u jihaysatay dhinicii Xuseen saddex maalmood ka hor u dhaqaaqay. Waa casar. Markay xabbado maqashaba gidaar ayay ku dhuumataa. Waxaa isdhaafaya dad cabsi iyo argaggax ka muuqdo oo aan inta badan wada hadlayn, oo qof walba welwel ka badan madaxa ku sito. Iskuulkii ilmuhu u dhigan jireen hortiisa waxay ku aragtay dhawr qabri oo qoyan.

"Alla, Ilaahoow!"

Saacad ku dhowaad markay socotay, ayay aragtay nin dukaammo laga guuray dib ugu soo noqday oo ka guranaya xoogaa raashin ah. Waxay tiri walaal waxaan raadinayay ninkaygii oo dorraad naga yimi.

"Dhar noocee ah ayuu xirnaa?"

"Ma... ma... maxaa jira?"

"Walaal dad dhawr ah oo xabbado ku dhaceen ayaan aasnay oo qaar ayaan wixii jeebabka ugu jiray ka saaray si aan dadka raadinaya u tusno."

Faadumo dhulka ayay fariisatay. Iyadoo dhuuntii qallashay ayay u sheegtay ninkii inuu xirnaa shaar cad oo diillimo buluug ah oo isdhaafaya leh, iyo macawis sabirindi ah oo casaan u badan.

"Wallaahi... dharkaas inaan xusuusto ayaan u malaynayaa... laakiin bal aan eego waraaqihii iyo wixii aan jeebabka ka saaray."

Ninkii dukaankii ayuu gadaal u galay. Faadumo

meesheedii kama kicin. Wuxuu soo noqday isagoo sida bac huruud ah oo dhinac ka jeexan oo intuu soo ag fariistay Faadumo ku yiri:

"Alaabtaan wax ma ka garanaysaa?"

Faadumo gacanteedii oo gariiraysa ayay galisay bacdii. Waxay soo qabatay waraaqo dhawr ah iyo furayaal.

Dib ayay u dhacday.

Waa miyir daboolantay.

Ninkii intuu Faadumo maryaha qabtay ayuu gidaar dukaanka u dhow oo xabbadda ay kaga gabbadaan u jiiday.

"Walaal..., Bismillaah..., Walaal."

Dukaankii ayuu ku orday oo ka soo qaaday caag yar oo biyo ku jiraan. Madaxa iyo laabta ayuu kaga shubay. Xoogaa ka dib ayay tartiib u soo fariisatay. Indhaha wax kama arkayn maqalkuna waa yaraa oo ma garanayn waxa la leeyahay. Dareenkeeda hadba qaar ayaa si habqan ah u soo noqonayay. Indhuhu waxay arkayeen ceeryaamo xoog ku socota oo madaw. Dheguhu jabaq aad foori mooddo oo xabbadaha dhacayaa hadba kala goynayaan ayay maqlayeen.

Dhawr qof ayaa ku soo leexday, laakiin muuqaalka ay arkayeen aad ayuu maalmahaas ugu badnaa magaalada, oo dadku degdeg ayay u sii dhaafayeen.

Muddo ka dib ayay Faadumo soo kacday oo ninkii oo garbaha haya ayaa tusay meeshii lagu aasay Xuseen. Summad lagu garto ma lahayn laakiin weli ciiddii ayaa cusbayd. Haddana way dhacday.

Markan miyir la'aanta waxaa u dheeraa gariir iyo hadallo aan micne lahayn oo oohinteeda ku lammaanaa.

Mar kale ayuu ninkii biyo ku shubay. Gabbalkii ayaa sidii ugu dhacay. Dadkii dariiqa marayay waa yaraadeen. Ninkii wuxuu ku qasbay in Faadumo ay kacdo oo uu gurigeedii geeyo. Isagaa indho u ahaa ee iyadu meel la marayo ma garanayn. Markuu keenay gurigii wuxuu u dhigay xoogaa raashinkii uu sitay ah.

Ilmihii oo weli gaajaysan ayaa intii kici kartay ku soo boodeen.

"Aabbe aaway?!"

Illinka agtiisa ayay fariisatay oo dhawr jeer neefta xoog u jiidday.

"Aabbe Ilaahay ha u naxariisto!"

Kuwii fadhiyay ayaa soo kacay oo kuwii taagnaa la wadaagay oohintii.

Weligeed kama welwelin hawl guriga dibeddiisa ah laakiin caawa waa keligeed.

Ma taqaan waxa dilay Xuseen mana rabto inay ogaato, waayo maalmahan naftu qiime badan ma laha. Xuseen waa la aasay laakiin Faadumo maydad badan oo aan la aasin ayay galabta soo dhaaftay.

Oohintii ilmaha waxaa joojisay hurdo dhulka ku wada tuurtay.

Faadumo ma seexan habeenkaas. Waxaa waagu u beryay iyadoo ilmaheedii marba mid fiirinaysa oo hoos isu la hadlaysa oo su'aalo isweydiinaysa:

"Xuseen anigoon sagootin ayuu dhintay, isma

lahayn markuu baxayay haddaa kuugu dambaysa, ilmaha imisa ayaa sii noolaan doona marka dagaalku dhammaado? Nabaddii hadday soo noqoto, sidee u ekaan doontaa nolosha Xuseen ka maqan yahay?"

Ilmuhu waa afar. Labo wiil iyo labo gabdhood. Gabadha u weyn magaceedu waa Aamino oo waa 9-jir. Waxaa ku xiga Fu'aad oo 8-jir ah. Rowda oo 6-jir ah, iyo Cabbaas oo 4-jir ah.

Waxaa guriga yimi Maxamuud iyo xaaskiisii oo soo maqlay in Xuseen la waayay. Welwel ayay ku noqotay inay maqleen geerida Xuseen. Waxay kaxeeyeen reerkii oo dhan oo waxay geeyeen gurigoodii si ay ugu adeegaan oo Faadumo culayska uga fududeeyaan. Maxamuud xaaskiisa oo la yiraahdo Xaawo iyo Faadumo waxay isku barteen dugsiga dhexe iyo kii sare oo ay isku fasal ahaayeen. Waxay ahaayeen labo qof oo aan kala harin oo la moodo in ay walaalo yihiin.

Dugsiga dhexe wuxuu ahaa fasalka shanaad ilaa kan siddeedaad. Ardaydu waagaas dugsiga waxay ku bilaabi jireen da' kala duwan, marka waxaa dhici kartay in la arko labo arday oo shan sano kala weyn haddana isku fasal ah. Xaawo iyo Faadumo waxay ahaayeen isku da'—waxay kaloo wadaageen inay isu muuqaal dhowaayeen oo maalintii ugu horreysay fasalka ayaa macallinku weydiiyay inay walaalo yihiin.

Intii ay ardayda ahaayeen guryahoodu xoogaa waa kala fogaayeen, laakiin inta badan galabtii waxay isugu tagi jireen labada guri midkood, si ay u wada akhristaan duruusta loo dhigo. Markay dhammeeyeen dugsigii dhexe oo ay u gudbeen dugsigii sare, haddana waxay noqdeen isku fasal.

Waxay in badan ka wada tashan jireen rabitaankooda mustaqbalka ee waxbarasho, guur, iyo guud ahaan sida ay jecel yihiin inay u noolaadaan.

Faadumo markay dhammaysay iskuulka waxay aadday Masar oo walaalkeed deggenaa. Waxaa qasadkeedu ahaa inay ka gasho jaamacad oo barato caafimaadka. Saddexdii bilood ee ay joogtay magaalada Qaahira, labo bilood oo ka mid ah waxay dhigatay jaamacad laakiin waxaa ku adkaatay sii wadidda jaamacadda, waayo qaabka wax looga dhigo Masar iyo kii ay dugsiyada Soomaaliya ku soo aragtay, ayaa aad u kala duwanaa. Waxay go'aansatay inay dib ugu soo noqoto Soomaaliya oo waxbarashadeeda ka sii wadato.

Markii Faadumo soo noqotay waxay bilowday jaamacad, laakiin iyadoo sannad dhiganaysay ayaa walaalkeed la soo hadlay iyada iyo reerkii, una sheegay in wiil saaxiibkiis ah oo markuu ardayga ahaa guriga ugu iman jiray, oo la yiraahdo Xuseen, uu doonayo inuu guursado Faadumo uuna u iman doono. Waqti dheer ma qaadan in Xuseen iyo Faadumo is-afgartaan oo labadii qoys dhammaystiraan hawshii guurka. Habeenkii arooska waxaa garab taagnaa saaxiibteed Xaawo, oo iyadu aan jaamacad galin, laakiin intii Faadumo Masar ku maqnayd guursatay. Faadumo iyo Xuseen waxay degeen guri u dhow kii Xaawo iyo Maxamuud.

Derisnimadu waxay sii kordhisay saaxiibtinnimadii labada reer oo wax walba waa la wadaagi jiray. Xuseen iyo Maxamuud iyaguna si gaar ah ayay u saaxiibeen oo sheekooyin dhow iyo kuwo dheerba waa wadaageen. Carruurtu waa wada ciyaari jireen oo iyaguna si fiican ayay isu yaqaanneen.

Guud ahaan xaafaddu waxay ahayd meel deris wanaag ka jiro oo dhib iyo dheefba la qaybsado. Inta shaqaysa waxay ka war qabeen reeraha aan waalidkood shaqo joogto ah haysan, oo taageero gaar ah ayaa la siin jiray.

Dadka la caawin jiray waxaa ka mid ahaa Coonka oo lahaa ilaa lix carruur ah, oo hal ama labo sano kala waaweyn. Coonka wuxuu ku shaqaystaa inuu dhiso guryaha, oo xaafadda gurigii looga baahdo dhisme isagaa loogu yeertaa. Wuxuu deggan yahay guri cariish ah oo dhul weyn ku fadhiya. Guriga waxaa ku wareegsan derbi ka samaysan qoryo la isku taxay oo laga soo galo hal illin.

Illinka markii la soo galo waxaa la yimaaddaa daarad weyn oo ay hareeraha kaga soo jeedaan qolal badan. Gurigu wuxuu ka koobnaa afar qol oo jiif ah, jiko weyn, iyo musqul keligeed gaar u dhisan. Daaradda guriga waxaa ka baxa caws, oo ciyaalka yaryar ee xaafadda ayaa galabtii fariista. Subaxa hore ayuu baxaa Coonka isagoo gacanta ku qaata bac ay ugu jiraan qalab uu wax ku dhiso, sida moqorof—oo ah bir ballaaran oo u samaysan sida muuqaalka wadnaha, xagga dambena ku leh daab qori ah oo la qabsado. Moqorofka wuxuu ku qasaa shamiintada uu guryaha ku dhiso. Coonka wuxuu kaloo haystaa alwaax afar-gees ah oo ballaaran oo dusha ku leh meel la qabsado, oo la yiraahdo fargaas, kaas oo lagu simo derbiyada iyo dhulka shamiitada la mariyo. Inta badan meel gaar ah uma socdo ee wuxuu iska tilmaansadaa meel dhisme ka socdo, oo uu aqoontiisa iyo qalabkiisa wax kaga soo helo.

Marmarka qaar isagoo dariiqa iska maraya ayaa waxaa u yeeran jiray reer u baahan in wax loo dhiso ama laga hagaajiyo meel guriga ka jabtay. Uma baahnayn xayaysiin oo qalabka uu gacanta ku sito iyo koofiyad ka samaysan maro, oo xaaskiisu gacanta ugu falkisay, ayaa lagu garan jiray inuu ka shaqeeyo dhismaha. Koofiyaddaas waxaa caadi ahaan qaadan jiray dadka ka shaqeeya dhismaha, oo isaga celin jiray kulayka qorraxda ay saacadaha badan taagnaan jireen.

Waa nin kaftan badan oo dhallinyarada xaafaddu markay galabtii kubbadda ka soo noqdaan, waxay isugu yimaaddaan guriga Coonka hortiisa, si uu sheekooyin iyo kaftan ula wadaago.

Inkastoo shaqadiisu ku filnayd digsiga reerka in dabka la saaro, haddana dharka ilmaha iyo baahiyaha kale ee reerku leeyahay, awood uma lahayn inuu si qurxoon u maareeyo, oo carruurtiisa wuxuu u iibin karay sannadkiiba hal ama labo maro. Deriska qaar ayaa markay ilmahooda dhar u soo gadaan dharkii duugga ahaa geyn jiray guriga Coonka. Wuxuu ahaa nin gaaban oo aan hilib badnayn, laakiin xoog iyo jir-adayg leh. Wiilkiisa u weyn waxaa la yiraahdaa Cabdalle oo hadda ayuu galay dugsiga sare. Cabdalle waxaa xaafadda looga yaqaannay Darbaweyne oo wuxuu dhallinyarada xaafadda uga ciyaari jiray difaaca, markay kubbadda la soo ciyaarayaan xaafadaha kale. Coonka wuxuu qorshaynayay inuu Cabdalle ka saaro iskuulka si uu shaqada ula qabto, oo kala qayb qaato soo xasilinta masaariifta reerka.

Cabdalle naftiisu ma jeclayn iskuulka, waayo ardaydu waxay iskuulka ka dhigteen meel lagu soo bandhigo hantida qoyska ay ka yimaaddeen. Waxaa badnaa in dharka iyo kabaha la isugu faano oo lagu xarragoodo, in la qaato indhagashiyo qurxoon, in qalimaanta qaaliga ah iyo saacadaha lagu muujiyo derejada ama heerka dhaqaale ee ilmuhu ku nool yihiin. Iskuulku wuxuu lahaa dhar ama yunifoom gaar u ah, oo ahaa shaar cad iyo surweel midabka ciidda leh (kaaki). Cabdalle wuxuu dareemayay inay aad u kala duwan yihiin muuqaalkiisa iyo kan ilmaha ay fasalka wada dhigtaan, oo dhawr mar ayaa maamulku ka saareen fasalka, iyagoo ku amray inuu soo xirto dharka loogu talagalay dugsiga sare. Halkii shaar ee caddaa ee uu iibsaday markuu dugsiga sare bilaabay wuxuu ka jeexmay dhabarka, waayo socodka dheer ee uu iskuulka ku yimaaddo, ayaa u keeni jiray inuu shaarka ku dhidido maalin walba, oo markaa shaarkii labada garab dhexdooda ayuu ka khafiifay, ilaa Cabdalle dhabarkiisu shaarka ka soo dhex muuqday.

"Maalin walba ma qaadan karo shaarkan

dhabarka ka jeexmay... Mar walba isma qarin karo oo dhabarka derbiga ma saari karo markaan joogo iskuulka."

Sidoo kale, awood uma lahayn inuu kabaha kala beddesho, ama kuwiisa mariyo midab qurxiya, oo xataa dharka fursad uu Jimce walba ku dhaqo ma heli jirin. Weligiis Cabdalle duruusta kuma dhibtoon oo wuxuu isku dayi jiray inuu fahmo duruusta inta uu joogo iskuulka. Gurigu ma lahayn koronto oo waxaa habeenkii la shidan jiray faynuus gaas lagu shubo, markaa waxaa adkayd inuu guriga wax ku akhristo. Waxaa kaloo guriga isugu iman jiray dhallinta xaafadda, oo ma ahayn meel aamusan oo wax lagu akhrisan karo.

Wuu ogaa xaaladda reerka oo waalidkiis wax cabasho ah uma muujin jirin. Ha yeeshee hooyadiis waa ka dareemi jirtay inuu dhibsanayo iskuulka, oo aanu muuqaalkiisa kula tartami karin ardayda waalidkood wax haystaan. Muumino ma jeclayn in wiilkeedu ka haro iskuulka, mana lahayn tamar ay wax uga qabato dhibka dhaqaale ee reerka. Laakiin waxay lahayd himmad sare iyo dulqaad ka adag birta. Talooyinka ay siin jirtay Cabdalle ayuu ka dhigan jiray shidaal uu in muddo ah ugu dulqaato culayska ka haystay muuqaalkiisa iyo dareenka uu ka qabay waxa ilmaha kale ku sheekaystaan markuu ka maqan yahay.

"Ma jecli wallaahi, Hooyo..., saaxiibbo ma yeelan karo. Shaarkayga cad haddaan xataa iska dhaqdo oo marmar iskuulka ku tago dhib ma lahaateen.

Laakiin markii suuqa wax la iiga diro galabtii, ayaa ciyaalka qaar i arkaan anigoo dhar kale oo aan fiicnayn xiran, markaas maalinta dambe ayay uga sheekeeyaan ilmaha kale. Ilmuhu galabtii iyo habeenkii waa isu yimaaddaan iyagoo dhar qurux badan xiran..., aniga ilmaha dhar aan ugu tago ma haysto gurigana ma keeni karo, marka in aanan saaxiib yeelan ayaa ii fiican."

Hooyadiis way og tahay in nolosha iskuulku tahay maalmo gaaban. Waxay og tahay in tartanka runta ah ee noloshu bilowdo iskuulka marka la dhammeeyo, oo ilmuhu reer yeeshaan oo gacantii waalidka iyo raaxadii guriga laga baxo. Markaas waa qof walba iyo kartidiisa iyo aqoontiisa. Qof walba iyo dadnimadiisa.

Talooyinkeeda waxaa ka mid ahaa, "Hooyo, noloshu muuqaalka maaha. Hooyo, sida aad sannad walba fasal uga gudubtid ayaa dhibka iyo dheeftaba looga gudbaa. Fasalkii aad ka gudubtay dib uma soo eegtid, sidaasoo kale ayaa loo illaawaa dhibka iyo dheefta."

"Fasalka aad ka gudubto waxaa kaaga haraya aqoontii kaaga korortay oo keliya, dhibka iyo dheeftuna waa sidaas, oo waxaa kaaga haraya wixii aad ka baratay. Hooyo, dhibka iyo dheeftu waa fasallo lagana gudbo laguna dhaco."

Waxay fadhiyaan derin goglan guriga deyrkiisa oo waa salaaddii cishe ka dib. Cabdalle wuxuu u jeedaa hoos oo talooyinka hooyadiis ayuu madaxa u lulayaa.

"Hooyo, ilmaha hadda qurxoon, waalidkood sidooda uma qurxoonaan jirin ee dhibka ayay u soo dulqaateen. Haddaad rabtid in aan ilmahaagu dhib ku noolaan, adigu u dulqaado dhibka oo wax baro."

"Hooyo, dhirta kuwa ugu dhalaalka badan ayaa ugu hor dhinta marka biyuhu yaraadaan. Ilmaha aan dhibta sida loola noolaado baran yaraantooda, waxaa looga baqaa marka dhib ku yimaaddo iyagoo weyn oo reer dhan masuul ka ah inay u dulqaadan kari waayaan oo markaas nolosha ka dhacaan."

Muumino waxay ka welwel qabtay in la gaaro maalin Cabdalle xammili kari waayo culayska ka haysta iskuulka, oo ay awood u waydo inay dib ugu celiso. Waxay islahayd haddii isagu ka haro iskuulka kuwa ka yaryarna waxay u noqonaysaa waddo, markii ay ciriirigaas oo kale dareemaan, ay xal iyo xujo ka dhigtaan. Waxay go'aansatay inay iyadu reerka meel kale uga doonto waxoogaa kharash ah oo cadaadiska jira lagu yareeyo.

Guriga deyrkiisii ayay meel gees ah ka qodday god hal mitir ku dhow. Waxay gacanteeda ku adkaysay salka iyo hareeraha godka, waxayna doonaysay inay ka dhigto tinnaar ay ku dubto muufada si xaafadda looga iibiyo. Shamiito aan badnayn iyo ciid bataax ah ayay soo heshay, ninkeeda ayay ka codsatay inuu u dhammaystiro samaynta tinnaarka, waxayna qaadatay ilaa saddex maalmood in ay bilowdo shaqadii.

Maqribka ka hor ayay dab ku shiddaa tinnaarka salkiisa si ay u sii kululayso. Waxay galabtii ilmaha u sii dhiibtaa galley iyo masaggo lagu radiyay biyo, oo xoogaa cusbo ah dusha laga saaray, si ay u geeyaan makiinad lagu shiidi jiray cajiinka oo aan ka fogeyn guriga. Waxay markaas maqribkii bilowdaa samaynta muufada, waxaana isla markiiba xaafaddii gaaray warkii, oo waxaa bilowday in laga iibsado muufada ay samayso Muumino.

Qofka dul fadhiya tinnaarka waxaa ku soo baxa kulka, oo mar walba wejiga kaga dhaca jirka oo dhanna dhidid ku qooya. Laakiin Muumino waxay tinnaarkaas kulul ka dhex arkaysay mustaqbalkii ilmaheeda. Waxaa u bidhaamayay iyagoo nolol qurxoon ku jira, oo waxay markaas soo hormarsanaysay in ka mid ah farxaddii iyo raaxadii ay dareemi lahayd, markii ilmaheedu nolol fiican galaan. Farxaddaas hormariska ah, ayay ku illaawaysay kulka ay dul fadhido.

Deyrka guriga oo mugdi ahaan jiray waxaa tinnaarku ku soo kordhiyay iftiin ka soo kaahayay godka, oo markaas ku baahayay deyrka oo dhan. Markay isku dhacaan iftiinkaas iyo dhaqdhaqaaqa dadka u imanaya inay iibsadaan muufada iyo ilmaha ku ciyaaraya deyrka, waxaa sameysmayay hoos gidaarrada ku dhaca oo guriga u ekeysiiya meel laga shiday filin. Ilmuhu daawashada hoosaskaas dhaqdhaqaaqaya ayay ciyaar iyo madaddaalo cusub ka heleen.

Odayaasha xaafaddu maalmaha Jimcaha waxay galabtii isugu iman jireen guriga Maxamuud, oo lahaa fadhi weyn, si looga sheekaysto xaafadda iyo guud ahaan xaalka waddanka.

Marka laga yimaaddo sheeko wanaaggiisa, Maxamuud wuxuu ahaa nin aad wax u akhriya, oo waxaa fadhigiisa ku taallay maktabad weyn, oo ilaa dhawr boqol oo kitaab yaallaan. Waqtiga aan gurigiisa marti joogin, wuxuu ku sii jeedi jiray akhriska. Taasoo jirta, ma jeclayn inuu martida uga sheekeeyo wixii uu ka akhriyay buugaagta. Wuxuu rumaysnaa in marka dadku isu yimaaddaan, ay habboon tahay inay iyagu wada sheekaystaan, oo qof walba helo fursad uu ku sheego sida uu wax u arko ama uga sheekeeyo maankiisa iyo maalmihiisa. Dhegeysiga martidu wuxuu ugu tirsanaa martisoorka. Taasaana keentay in xaafadda laga jeclaado oo gurigiisa la isugu yimaaddo.

Waqti ka mid ah noloshiisa wuxuu ka soo shaqeeyay Maktabaddii Qaranka Soomaaliyeed, wuxuuna aad uga sheekayn jiray qiimaha ay leedahay in ummaduhu ilaashadaan kaydkooda aqooneed, dhaqan, iyo maamul.

4

Waa waqti fiid ah. Guriga Maxamuud waxaa fadhiya labo nin oo ay qaraabo yihiin. Mid ka mid ah oo la yiraahdo Cabdi Ciddiyabirre ayaa kala hadlaya Maxamuud inuu ka caawiyo dacwad uu u haysto Ciidammadii Xoogga Dalka Soomaaliyeed, oo uu sheeganayo in si aan habboonayn looga eryay ama looga rukhseeyay.

"Maxamuud, walaal maanta nin walba wuxuu ku tiirsan yahay tolkiis. Adigaa reerka wax u bartay. Adigaa hadda shaqo wanaagsan haysta, oo weliba waxaad dadka dhexdooda ku leedahay magac oo waa lagu maqlayaa."

"Waa koow." Maxamuud si deggan ayuu hadalka u gurayaa.

"Aniga nimanka shaqada iga cayriyay waa dad la yaqaan. Kuwa warqadda ku saxiixan maaha oo iyaga farriin ayaa la gaarsiiyay ee meesha niman kalaa ii tashaday.”

“Waa koow.”

“Saddex nin oo mid ka shaqeeyo Wasaaradda Gaashaandhigga, labana aniga xerada igala shaqeeyaan, oo haddaan kuu sheego aad garan karto abtirsiimahooda, oo aan ogahay meesha ay igala dirireen, ayaa walaal hawshaan ka dambeeya.”

“Waa gartay.”

“Waxaan rabaa inaad ii raacdid Maxakamadda Badbaadada ama tan Gobolka oo aad dacwadda ila gudbisid. Hadday wax ila qaban waayaanna, ilaa Madaxweynaha inaad ila socoto. Weliba waxaan rabaa inaad warqad u qortid qolyahaan BBC-da laga sheego, ee la leeyahay xuquuqul insaan ayay u doodaan.”

“Cabdiyoow walaal anigu wax aan kaa hagranayaa ma jiraan. Laakiin go’aammada ciidanka laguma qaado maxkamad gobol, oo waxay leeyihiin hab garsoor oo iyaga u gaar ah. Marka haddaadan iyagii dib ugu noqon karin, oo aadan dacwaddaada rafcaan isla ciidanka ugaga qaadan karin, way ila adag tahay in annaga oo aan ciidan ahayn aan wax ka qaban karno.” Ayaa Maxamuud ku jawaabay.

Hadalkii waa iska yaraaday. Shaahii la cabbayay markii la dhammaystay ayaa labadii nin iska tageen.

Dibedda markay u baxeen ayuu Cabdi Ciddiyabirre, oo aan ku qancin jawaabtii Maxamuud, laakiin ka xishooday inuu hortiisa ka hadlo, bilaabay inuu muujiyo xanaaqiisa.

"Waxbarashadaan baas waxa laga helo anigu maba aqaan. Dhawrka reerka iskoolladaas u galay waxaad moodda in la wada dhufaanay oo wallaahi mid wadaan ceel kuugu ridi karaa kuma jiro."

Ninkii kale uma jawaabayn laakiin waa iska dhegeysanayay.

"Ninkaas Maxamuud ah waxa gurigiisa buugaag yaal oo derbiga ugu taxan waxaan fulaynimo ahayn kama dheefin. Bal nin dadkiisii maalin walba la iska camcaminayo oo aan mar keliya hadal iyo ficil laga helayn. Dadka kale kuwooda wax bartay ayaa hoggaamiya, laakiin kuweenna belaayaa labada lugood ku dheggan."

Cabdi wuxuu ahaa askari oo hadda waa laga rukhseeyay ciidanka, iyadoo lagu eedeeyay inuu amarrada ciidanka ka hor marin jiray danihiisa gaarka ah. Saraakiishii xukumaysay waxay sheegeen in dhawr jeer Cabdi loo diray inuu ilaalo ka noqdo xero muhiim ah oo ciidanka hub iyo qalab kale u yaalleen.

Xeradu ma lahayn gidaar dhisan oo ku wareegsan, marka askarta waxaa loo qaybin jiray inay meelo cayiman oo ku wareegsan xerada isu qaybiyaan. Cabdi xerada tuulo u dhow ayuu ku lahaa biibito yar oo uu shaaha iyo cunto aan badnayn ku iibiyo. Dhawr jeer ayaa la sheegay in habeenkii geed gaaban, oo ku dhow meesha uu ilaalada ka hayay, uu huwin jiray jaakaddiisa oo dul saari jiray koofiyaddiisii si loogu maleeyo inuu meesha fadhiyo markaasna aadi jiray biibitadiisii si uu u shaqaysto.

Muddo labo sano ku dhow ayuu dacwo ku jiray, oo markii la arko waxaa kilkisha ugu jiri jiray gashi ay warqado ku jiraan. Wuxuu rumaysnaa in ciidanka qabiil looga rukhseeyay.

Markii uu ka quustay inuu ku noqdo ciidanka, wuxuu isku mashquulin jiray inuu guro qaaraannada reerka, oo ganacsatada aroortii intaanay guriga ka bixin ayuu ku kallihi jiray, oo u sheegi jiray in taakulo la iska doonayo. Bakhaarrada reerku waa u xisaabsanaayeen. Wuxuu kaloo yaqaannay dadka shaqaalaha ah ee mushaharka fiican qaata. Markii beeshu shir yeelato oo qaaraan la qaybsanayo, wuxuu isku qori jiray inta ugu badan, waayo wuxuu ogaa in isagu soo ururin doono. Warqad ayuu markaa qaadan jiray oo sidiisii bakhaarrada iyo xafiisyada ku wareegi jiray. Dadku ma waydiin jirin waxa uu dadka kale ka qaaday iyo inta qof ee wax bixisay si loo ogaado xisaabta guud.

5

Xaafadda waxaa ku taal warshad yar oo samaysa sharaabka. Waxay ku dhex taal gidaar wareegsan oo weyn, laakiin dadka xaafaddu kama war hayaan sida ay u shaqayso, waayo waa meel inta badna xiran oo mar walba la ilaaliyo. Shaqaalaha qaarkood ayaa waqtiyada fasaxa gaaban ee ay leeyihiin dibedda u soo baxa oo ay isbarteen dadka xaafadda qaarkood. Waxa lagu sameeyo warshadda waxaa qaada baabuur waaweyn oo waxaa lagu kaydiyaa bakhaar xaafad kale ku yaal oo lagu sii iibiyo. Dadku magaca ku qoran irridda warshadda oo keli ah ayay ka gartaan waxa ay qabato.

Shaqaalaha ka soo baxa warshadda oo dadka xaafadda ay isbarteen waxaa ka mid ah labo nin oo saaxiib ah oo aan kala harin. Xaafadda waxaa looga yaqaan naynaaso ee magacyadooda buuxa lama yaqaan. Mid waxaa la yiraahdaa Kalafoge oo lugihiisa ayaa dhexda meesha jilbaha ku beegan ka kala fogaa, sida labo qaanso oo la isku soo jeediyay. Kan kale waxaa xaafadda looga yaqaan Aamusane oo inta badan ma hadlo, laakiin dadka qaar ayaa meelo kale ka soo maqlay in magaciisa la yiraahdo Yuusuf, lamase hubo.

Aamusane iyo Kalafoge dadka xaafadda aad ayay isu barteen. Markii la leeyahay xaflad ama Allabari waa la casumaa iyaguna waxay soo kaxeeyaan xaasaskooda iyo carruurtooda. Labadooda xaas iyo carruurtooda waxay si buuxda isu barteen dumarka iyo carruurta xaafadda.

Waxay ahayd waqti dadku isbartaan, saaxiibaan, oo wax walba wadaagaan, iyadoon qofka noloshiisa hoose iyo qabiilkiisa midna la aqoon. Qabiilka in la barto baahi looma qabin. Ma jirin cabsi la kala qabay. Sida aadan welwel uga qabin tilmaamaha kale ee qofku leeyahay, sida dhererkiisa iyo culayskiisa, ayaan waagaas welwel looga qabin qolada uu Soomaali ka yahay.

Labada xaas mid waxaa la oran jiray Mako midna Sakiyo. Labadooduna, sida nimankooda, ayay ahaayeen saaxiibbo aan kala harin.

Caawa waxaa deriska lagu casumay guriga reer Caabbi oo ahaa guriga ugu qurxoon uguna weyn xaafadda. Wuxuu lahaa beer ku taal deyrka oo ay ka baxayeen ubaxyo qurxoon iyo qudaar kala nooc ah. Waxaa beerta meesha ugu dambaysa ku yaallay labo qol oo midna uu seexdo ninka guriga ilaaliya, midna la dhigo alaabta beerta looga shaqeeyo. Waxaa qolalkaas ku dheggenaa saddex garaash oo la dhigo baabuurta. Beerta hareeraheeda waxaa ku taxnaa nalal dhulka ku dhow oo dusha laga madoobeeyay si aanay dadka indhaha uga qaban, iftiinkooduna ugu baaho hareeraha iyo hoos oo ay beerta u iftiimiyaan.

Gurigu waa labo dabaq. Dabaqa hoose waxaa ku yaal fadhi aad u weyn, oo marka la soo galo la moodayo golayaashii boqorrada Carabta. Waxaa dusha ka soo laalaaday nalal aad mooddo geed ka soo baxay saqafka oo laamihiisii hoos loo soo rogay jirriddana kula jira saqafka sare. Gidaarrada waxaa ku taxnaa sawirro qurxoon oo si farshaxannimo ah loogu xardhay muuqaallo tusaya dhul barwaaqo ah oo fardo daaqayaan ama biyo dhul doog ah jiifa oo qorrax arooryaad hayso.

Sawirradaas Caabbi ayaa ka soo iibiyay waddammo kala duwan oo Yurub u badan. Sannadkii ilaa labo goor ayuu safarro shaqo u baxaa ama reerka ayuu marka iskuullada la xiro u kaxeeyaa tamashle. Dabaqa sare waxaa ku yaal saddex qol oo la seexdo. Waxaa kale oo guriga dushiisa sare ku yaallay bannaan shamiitaysan oo dusha laga saaray teendho habeenkii lagu duubo mashiin koronto ah maalintiina la soo fidiyo si qorraxda looga harsado.

Dahabo, oo ahayd xaaska Caabbi ayaa dumarka soo dhoweynaysay. Gabdho adeegayay ayaa isla markiiba dadka u sii kaxaynayay bannaankii guriga dushiisa ahaa. Kuraas iyo gogol qurxoon ayaa yaallay bannaanka, waxaana in yar ka dib la keenay casho iyo macmacaan. Markii la dhammeeyay ayaa shaqaalihii si degdeg ah oo xirfad ka muuqato u gureen wixii la hambeeyay iyo alaabtiiba.

Caabbi wuxuu u shaqeeyaa hay'ad caalami ah oo waddanka hawlo cilmibaaris ah ka qabata, wuxuuna hadda ilaa saddex sano degganaa xaafaddan oo uu ka kiraystay gurigan, waayo dhawrkii sanaba waddan cusub ayaa hay'addu u wareejisaa. Waxaa reerku leeyahay wiil la yiraahdo Guuleed iyo gabar la yiraahdo Farxiyo. Ilmaha waxaa subixii qaada gaari geeya iskuul loogu talagalay in ay dhigtaan carruurta dadka ajnabiga ah ee u shaqeeya safaaradaha iyo hay'adaha caalamiga ah.

Dahabo iyo Caabbi inta badan safarro ayay aadi jireen oo xaafadda iyo dadka aad uma dhex gali jirin, laakiin waxaa caado u ahayd in hadba xaafaddii ay degaan, ay deriska sannadkiiba mar ama labo jeer casumaan oo iyaga iyo carruurtoodaba ka farxiyaan. Safarrada dibedda intaanay u bixin, waxay deriska weydiin jireen in ay u baahan yihiin wax aan waddanka laga helin oo ay u soo iibiyaan. Daawooyinka iyo qalab hawlaha guriga fududeeya ayaa u badnaa waxyaabaha loo dirsan jiray. Dahabo iyadu si gaar ah ayay xil isaga saari jirtay inay dhammaan hooyooyinka xaafadda hadyado ugu keento.

Casumaadaha waxaa inta badan la socon jiray sheekooyin iyo isbarasho. Waxaa kale oo ilmuhu ku wada ciyaari jireen guriga deyrkiisa iyo dhinaca dambe, oo ay ku yaalleen alaabta lagu ciyaaro oo aan xaafadda guryaheeda kale ku oollin.

Dahabo iyo Caabbi sannad ka dib ayay xaafaddii ka guureen oo meel kale loo beddelay. Guuritaankooda aad loolama socon oo waxaa laga war helay gurigii oo ay soo degeen qoys Jarmal ah oo iyaguna u shaqeynayay shirkad dhisme.

Xiriirka ka dhexeeyay iyaga iyo dadkii xaafadda deggenaa waa yaraaday ama waaba joogsaday. Marmar dhif ah oo qof xaafadda deggen uu magaalada ku arko qof reer Caabbi ah maahee, ma jirin xiriir kale.

Caabbi isagu wuxuu dareensanaa in xaaladda waddanka iyo nabadgalyadu sii xumaanayeen. Wuxuu ku tashaday inuu wiilkiisa, oo sannadkaas dhammeynayay dugsiga sare, u diro meel nabad ah oo uu waxbarasho jaamacadeed ka helo.

***

Waxay ahayd galab Khamiis ah oo subixii roob da'ay, dhulkuna weli sii qoyanaa. Dahabo habeenkii ayay boorso ka buuxisay alaabtii wiilkeedu u baahnaa oo dhan. In kasta oo dhar badan ay reerku safarrada Yurub ka soo gateen, haddana dukaammo Hindi iyo Carab lahaayeen oo magaalada ku yaallay ayaa dhawr goor lagu noqday si wixii uu u baahdo Guuleed loogu soo iibiyo. Hawsha ugu badan ee Dahabo maalmahaas haysay waxay ahayd dardaaran.

Wiilkeedu weligiis ma keliyoobin.

Dhul cusub, dad cusub, dhaqan cusub, khataro, iyo fursado cusub ayaa hor yaallay wiilkeeda.

Dardaarankeedu ma lahayn waqti gaar ah. Intaanu seexan iyo marka uu soo toosaba waxay si dadban iyo si toos ahba ugu sheegaysay inuu u diyaar ahaado mawjadaha nololeed ee ka horreeya.

Duhurkii waa la seexan jiray marka la qadeeyo, laakiin maalintaas iyo habeenkii ka horreeyayba reerka hurdadu waa ku yarayd. Casarkii intaan la tukan ayaa reerkii oo dhan u dhaqaaqeen garoonka diyaaradaha oo Guuleed galabta ka dhoofayo. Xaafadda ay degganaayeen, intaan la gaarin waddada laamiga ah, waxaa ka sokeeyay godad biyuhu jeexeen oo ay adag tahay in la maro maalmaha roobka. Way ku sii talagaleen oo waqti hore ayay ka baxeen guriga.

Socodka gaarigu wuxuu ahaa mid aan raaxo lahayn intii la dhaafayay godadka, laakiin Dahabo ma dareemin dariiqa xumaantiisa. Waxay indhaha ku haysay wiilkeeda, waayo waxay ogeyd inuu muddo ka maqnaan doono indhaheeda. Xoogaa markii la socdaba, hadal talo ah ayay u sheegaysay. Markii garoonka la tagay saacad ka badan ayay la fadhiyeen Guuleed intaanu gudaha ku xeroon.

Guuleed wuxuu ahaa wiil caato ah oo dheer. Wuxuu gacanta ku sitay jaakad uu islahaa waad u baahan doontaa marka aad Yurub ka degto. Caabbi isagu talooyinkiisa waqti hore ayuu u gudbiyay Guuleed oo maalmahaan shaqada ayaa ku badnayd oo habeenkii waqti dambe ayuu iman jiray. Wuxuu isaga kalsoonaa in wiilka, maadaama uu safarro badan ku tagay Yurub, ay u sahlanaan doonto noloshu oo aanay muhiim ahayn in laga welwelo.

Reerkii dibedda garoonka diyaaradaha ayay saacad kale joogeen iyagoo sugaya inay cirka ka arkaan diyaaraddii oo kacday. Qofka ku jira diyaaradda lama arki karo laakiin waxay ahayd sida keliya ee ay ku awoodeen inay sii macasalaameeyaan wiilkooda. Markii diyaaraddii kacday maqribkii ka dib, waxaa wejiga Dahabo ka muuqday farxad iyo welwel isku dhafan. Way aamusnayd indhaheeduna waxay hayeen iftiinka diyaaradda sii fogaanaysa ilaa ay ka noqotay dhibic yar oo la moodo xiddig cirka ku dhex socota. Kama ay dhaqaaqin meeshii ilaa la waayay bidhaantii diyaaradda.

Mar walba oo ay soo xusuusato Guuleed, waxaa maskaxdeeda ku soo dhici jiray dhibicdaas iftiinka ah ee cirka ka sii dhex muuqatay. Kolley haba fogaadee, inuu mar sidii iftiin soo bidhaami doono oo ay nolol isku arki doonaan ayay qalbiga ku haysay.

6

Faadumo waxay maalmo ku noolayd guriga Xaawo iyo Maxamuud. Maalin walba waxaa ka sii dhacayay xanuunkii ay ku keentay geeridu oo waxaa soo booqanayay dad asxaab iyo qaraabo ah oo welwelka ka dejinayay. Ilmuhu waqti intaas ka yar ayay uga soo baraarugeen naxdintii ay ku waayeen aabbahood.

Waxaa maalinba soo durkayay dagaallada. Waxaa sii yaraanayay dadka waddooyinka maraya oo aad ayaa magaalada looga baxayaa. Dhinicii baabuurtu u bixi kartaba waa loo qaxayaa oo waxaa la doonanayaa meel nafta lagu badbaadiyo. Waxaa la soo sheegayay dad carruurtoodii iyo xaasaskoodii qixinaya oo hub sita oo wixii ay ka baqaanba xabbado ku ridaya. Waxay islahaayeen intaan xabbadda la idiin ka hor marin, idinku ku rida qofkaad ka baqdaanba. Waxaa batay tuugo ka soo dhex baxday xaaladda colaadeed, oo iyagu aan shaqo ku lahayn waxa lagu dagaallamayo, laakiin wixii ay dawladnimada uga baqi jireen, sida: dhac, kufsi, iyo dil ku dhaqaaqay.

Dadkii xaafadda waxaa hadba laga tashanayay sidii laga yeeli lahaa nabadda sii xumaanaysa. Waxaa kale oo ay dadku ka welwelayeen qaraabadoodii kale ee magaalada ku noolayd, oo aanay muddo ka war helin oo ay adkaatay in la isu socdo oo la kala war helo. Dadkii ka war helay qaraabadoodii ama ay u yimaaddeen intii dariiqyadu furnaayeen, waxay u bateen inay aadaan meeshii xabbadda looga ammaan heli karo. Dadkii weli ka war sugayay qaraabo ama aan haysan waxay ku safraan, iyaga waxay la noqotay inay sugaan inta xaalkoodu isbeddelayo oo markaas ay go'aan qaataan.

Xaawo iyo Maxamuud waxay ka war sugayeen gabar Maxamuud walaashiis ah, oo aanay war u hayn ilaa intii dagaalladu bilowdeen, oo ay islahaayeen ha ka tagina magaalada inta aad ogaanaysaan waxa ku dhacay iyada iyo ilmaheedii. Faadumo iyada waxaa u yimi Cali-Dheere oo ahaa ninkii uu Xuseen raashinka ka doonay oo u soo gudbay magaalada dhinaceeda kale markuu maqlay geerida Xuseen. Cali-Dheere wuxuu ku taliyay in Faadumo iyo ilmaha uu kaxeeyo oo ka fogeeyo dagaalka. Sidaas ayaana la isku raacay. Ma jirin sagootin iyo salaan badan oo waxaa la islahaa waa maalmo yar inta nabaddu soo noqonayso. Markii Faadumo baxaysay, Xaawo waxay ku maqnayd suuq dhow oo ma sii salaamin iyada iyo carruurta.

Safarkii wuxuu Faadumo iyo ilmaha la gaaray magaalo yar oo aan fogayn. Laakiin waxay ogaadeen in colaaddu aanay lahayn degaan iyo xuduud oo dhulka oo dhan dareenku ka jiro. Maalmo markay joogeen oo aanay weli ka war helin reer Maxamuud iyo Xaawo, ayay haddana go'aansadeen inay magaalo kale oo fog u safraan si ay u helaan nabad iyo degaan lagu nasto.

Waddanka ayaa sidaas iska ahaa.

Dad cimrigoodii oo dhan hal meel degganaa ayaa waxaa galay safar aan jiho iyo dhammaad lahayn. Meeshii cusub ee ay degaanba waxay lahayd cabsi iyo welwel cusub. Dhulku wuxuu ahaa barwaaqo oo roobab ayaa mar dhow da'ay, laakiin lama dareemayn farxad loogu raaxaysto barwaaqada dhulka. Safarrada isdhaafaya ayaa mararka qaarkood isu keenayay dad meel ku wada noolaa dagaalka ka hor, oo markaas isdhaafsanayay wixii war ah ee ku saabsan deriskii iyo degaankii ay wadaageen. Waxaa badnayd in la isu sheego geeri iyo dhib soo gaaray dad la wada yaqaannay, qoysas kala lumay oo aan ilaa markaas isu war hayn, iyo hanti badan oo la waayay.

Dad meelo kala duwan ka soo qaxay ayaa waxaa isu keenayay degaannada cusub ee nabadda loo soo doontay. Dad isfahma oo wada noolaada, iyo qaar kala booda oo iskudhac dhexmaraba waa lahaayeen. Waxaa waddanka si xoog leh u soo galay hay'ado dadka xeryo u sameeya ama cunto ugu qaybiya meelihii ay u qaxeen. Cali-Dheere oo masuul u ahaa qoysas badan oo soo wada qaxay, ayaa si adag uga soo hor jeeday in wax loo doonto hay'adaha cuntada qaybiya. Wuxuu habeen walba dadka ku oran jiray:

"Bakhaarkaygii wixii aan ka soo raray ayaa gaari nooga buuxa, wixii la waayana anaa doonaya, ee weligiin ha u tagina nimankaas. Baahidu waa maalmo laakiin dhaqanka aan ka baranayno ee gacan hoorsiga ah, ayaa nagu hari doona oo weligeen ka bixi mayno. Aan gaajoonno maalmo, aan dhaxanta seexanno habeenno, laakiin dhaqankeenii aan baryada oggolayn aan ilaashanno."

Faadumo waxay si gaar ah uga welweli jirtay ilmaheeda iyo waxbarashadooda. Maalin walba waxaa u muuqanayay inaan dagaalku dhaqso dhammaan doonin, oo aanay dhowaan ku noqon doonin gurigeedii. Waxaa kale oo welwel ka hayay gurigeedii oo aanay dib ugu noqon ilaa habeenkii ay ogaatay geeridii Xuseen. Xataa daaqadihii ma soo xirin, oo dib uma xusuusan maalmihii ay magaalada joogtay inay gurigii ku noqoto oo daaqadaha u soo xirto.

Cali-Dheere oo ka war qabay dareenka Faadumo ayaa maalintii dambe u sheegay inuu soo helay baabuur u socda Itoobiya, oo ay dhici karto inay ilmaheeda uga hesho waxbarasho. Farxad iyo welwel ayay u ahayd Faadumo inay aqbasho safarkaas. Waa safar aan doonitaankeeda ku iman. Waa safar aan lahayn muddo cayiman oo lagu soo noqonayo. Waa go'aankii ugu cuslaa ee ay qaadato iyadoon Xuseen kala tashan.

Baabuurka waxaa wada nin la soo siiyay lacag ka badan inta uu dadka kale ka qaadayay, oo si gaar ah loogula dardaarmay inuu Faadumo iyo ilmaheeda kaga gudbiyo meelaha dadka lagu baaro ee askartu taagan yihiin. Waxaa ninka lagula soo ballamay inuu Faadumo geeyo guri uu lahaa nin ilmaheeda adeer u ah oo waa hore waddanka ka guuray oo ganacsi ku haysta Adis Ababa.

Inkastoo baabuurku dhawr magaalo sii marayay, haddana dadka saaran intooda badan waxay u socdaan Itoobiya. Waxay u badan yihiin dhallinyaro magaalo ku dhashay oo ku koray oo aan hadda ka hor ka safrin waddanka. Markii la soo gaaro magaalo ama tuulo waxay weydiinayeen dadka waaweyn ee gaariga saaran inay u sheegaan magaca meesha. Inkastoo rejo xumo iyo filanwaa ka muuqday dhallinyaradaas, oo aanay ogayn waxa mustaqbalkoodu ku dambayn doono, haddana waxay si gaar ah ugu raaxaysanayeen muuqaalka dhulka, buuraha, dooxooyinka waaweyn, iyo xoolaha daaqaya darafyada dariiqa. Waxay ahaayeen muuqaallo aanay badankoodu weligood arag.

Baabuurku wuxuu ahaa mid loogu talagalay inuu qaado xammuulka, laakiin waxaa iska caadi ahayd in baabuurta noocaas ah waddanka loogu kala safro. Shirka baabuurka waxaa la saaray labo dumar ah oo da' weyn oo darawalka dhinac fariistay. Faadumo iyo ilmaheedii waxay dhabarka ku qabteen dhinaca

hore ee baabuurka dushiisa, meesha ka dambaysa
darawalka. Wejigoodu wuxuu u jeeday xagga dambe
ee baabuurka oo dhinaca uu u socdo ma arki karin.

Waxaa Faadumo horteeda fadhiyay wiil
dhallinyaro ah, oo xirnaa dhar markii hore
qurxoonaa laakiin dayac ka muuqdo. Wuxuu sitaa
boorso aan weynayn oo uu si gaar ah u ilaalinayo.
Markii baabuurku meel istaago wuxuu weydiinayay
Faadumo in iyada iyo ilmuhu wax u baahan yihiin.
Hadalkiisu ma badnayn oo uma muuqan inuu
xiisaynayay sheekada dadku wadaagayeen. Marmar
ayuu la soo baxayay buug, oo intuu dhabarka u
seexdo buugga qorraxda iska xejinayay oo halkaas
ku akhrisanayay. Wiilku wuxuu u muuqday inuu
keligiis safrayo oo aan lala socon.

Faadumo ayaa weydiisay meesha uu u socdo.

"Eeddo Adis Ababa ayaan u socdaa."

"Qaraabo miyaa kuu joogta, Eeddo?"

"Maya wallaahi. Qof kama aqaan laakiin dadkaas
qaxaya ayaan la mid ahay."

Wuxuu u sheegay inuu ahaa arday ku jiray sannadkii
labaad ee jaamacadda oo baranayay injineernimada,
boorsada uu ilaalinayana uu ku sito cajalado uu ku
duubtay hawlo waxbarashadiisa la xiriira oo uu
ku sameeyay kombuutar oo uu ka baqayo inay ka
xumaadaan. Wiilku ma sito baasaboor muujinaya
qofka uu yahay. Ma sito shahaado muujinaysa inuu
weligiis waxbarasho galay. Buugaag aqoontiisa
la xiriira iyo wixii uu hadalkiisa ku caddayn karo

ayaa uga haray taariikhdiisii aqooneed ee dhawr iyo tobanka sano isa soo biirsanaysay.

Faadumo ayaa tiri, "Eeddo, waa dhib in dhawr iyo toban sano oo noloshaadii ah mugdi lagaa galiyay. Damac siyaasadeed rag isku haya ayaa guri walba dhib iyo dhaawac galiyay."

"Eeddo, waa run oo mustaqbalkaygii waxaa iga galay mugdi, laakiin dhib aniga iga weyn ayaa dhacay oo reero badan ayaa geeri gashay. Wax la waayo naf ayaa u qaalisan."

"Laakiin hadda haddaad tagtid meel waxbarasho leh sidee u caddaynaysaa aqoontaadii hore?"

"Dhib ma leh, Eeddo. Wixii iga horreeya aan arko. Hadal keliya ayaan hayaa iyo inaan ka sheekeeyo inaan wax baran jiray. Laakiin waddankii oo dhan maxaan ka haynaa? In Soomaali dawlad lahaan jirtay, sow hadal iyo sheeko uun kama soo harin? Saraakiishii ciidankeenna sirtiisa hayay sow dad kale marti uma aha? Aqoonyahankeennii sow xeryo qaxooti kuma jiraan? Anigu weli waxaan ahay dhallinyaro oo noloshayda waddo cusub waa u jeexi karaa. Welwel igu gaar ah ima hayo, Eeddo."

Waxaa kale oo baabuurka saaran Mako iyo Sakiyo oo ahaa labadii xaas ee nimankii ka shaqayn jiray warshaddii ku taallay xaafadda. Waxay u socdaan magaalo la yiraahdo Baallagudub oo ay isleeyihiin waxaa laga heli karaa nabadgalyo, iyo nolosheeda oo rakhiis inay tahay la ogaa waagii aan dagaalladu bilaaban.

Subax ayaa baabuurkii soo gaaray degmo Soomaaliyeed oo meel barwaaqo ah ku taal. Quraac ayaa loo degay. Waxaa rakhiis ahaa caanaha iyo hilibka oo xiise gaar ah u lahaa dhallinyarada aan weligood ka soo bixin magaaladii ay ku dhasheen. Markii baabuurka dib loo soo fuulay oo labo wiil oo dhallinyaro ah weli la sugayo, ayaa waxaa la maqlay rasaas. Waxaa laga yaabaa in rasaastu ahayd qoryo la tijaabinayo, laakiin dadku dhawaqa rasaasta waxay ka qabeen naxdin oo waxaa markiiba dhaqaaqay baabuurkii. Labadii wiil ayaa degdeg u soo gaaray baabuurkii oo weli tartiib u soconaya. Midba dhinac ayuu isaga soo tuuray. Waxay ku dul dhaceen alaab jawaanno iyo maryo ku xirxiran oo ay lahayd Sakiyo oo gaariga bartankiisa fadhiday. Markay Sakiyo aragtay wiilasha alaabteedii ku soo dul dhacay ayay qaylo iyo canaan isugu dartay wiilashii.

"Maandhooyinoow Ilaah baa nafta gooyee ha iga jebinnina tarmuusyada. Waxaad mooddaa inay malakul mawdkii arkayaan... Acuudu Billaahi!"

Wiilashii mid ka mid ah ayaa raalligalin ka bixiyay.

Faadumo ayaa dhibsatay hadalka Sakiyo.

"Sakiyo, annagoo dhan ayaa naf la cararaynee ma kirliyadaadaa kaala muhiimsan dadka naftooda? Maad adigu gurigaagii iska joogtid haddaadan xabbad ka baqayn?"

"Anigu walaaleey naf kama hadlin. Anigaa aqaan qiimaha kirliyadaydu iigu fadhiyaane adigu danahaaga raaco."

Ma jirin xuduud dadka lagu weydiiyo sharciga ay ku safrayaan, oo Itoobiya waqtigaas uma baahnayn dal-ku-gal. Waxaa keliya oo jirtay meel lagu baaro in dadku sitaan hub ama alaab aan laga oggolayn waddanka. Baabuurkii siduu u socday ayuu ka gudbay xuduudka. Degmadii ugu soo horreysay ayuu habeenkaas ku nastay, oo dadkii waxay raadsadeen meelo la ijaarto oo ay seexdaan.

Markii subixii la dhaqaaqi lahaa, ayaa baabuurkii cillad lagu sheegay. Ilaa dhawr saacadood ayaa darawalkii iyo wiil la shaqeynayay isku dayayeen in gaariga la kiciyo laakiin kuma guulaysan. Ma joogaan meel ay ka doonan karaan dad uga aqoon roon cilladda baabuurka ama ay ka heli karaan bira-beddel ay ka iibsadaan qalabka ka jabay. Baabuurkan nociisa lagama yaqaan Itoobiya. Waxay dadkii u sheegeen inaanay safarka sii wadi karin oo ay baabuur kale raadsadaan. Waxoogaa kharashkii ay ka soo qaateen ah ayay dadkii u celiyeen. Faadumo taasi dhib kale ayay ku ahayd oo ninka gaariga wada ayaa yaqaannay meesha ay ku degi lahayd. Waxay ka qaadatay tilmaan iyo magacyo ay la xiriiirto markii ay tagto Adis Ababa. Waxaa galabtii la helay baabuur ka yimi Adis Ababa oo dad iyo alaab dejiyay oo subixii noqonaya. Waxaa lagula heshiiyay inuu dhammaan rakaabka qaado ilaa Adis Ababa. Maalin kale ayaa baabuurkii sii socday ilaa laga galay magaaladii.

Faadumo waxay taleefan ka dirsatay meeshii baabuurku dhigay. Nasiib wanaag waxaa markiiba tagsi u keenay dadkii ay u socotay oo waxaa la geeyay gurigii. Waddanka cusub wuxuu la yimi af cusub, cunto cusub, xanuunno cusub, muuqaallo nololeed oo cusub, iyo cabsi cusub oo laga qabo joogitaanka waddanka, waayo sharci lagu joogo ma haysan Faadumo iyo ilmaheedu. Waxay noqotay inay ilmaha ka qorto xarun qaxooti si ay ugu hesho sharci ay ku joogaan waddanka. Waxaa kale oo ilmaha loo bilaabay waxbarasho aan heerkii ay rabtay ahayn, laakiin ay subixii ku kallahaan oo ereyo af Ingiriis ah ka soo bartaan.

Gurigu waa saddex qol oo la seexdo, qol fadhi ah, iyo jiko aan weyneyn. Intaas waxaa wehelisay daarad yar iyo labo musqulood oo midna gudaha ku taal midna daaradda. Dadkii horay ugu noolaa waxaa ku soo biiray dad badan oo qaxooti ah oo ka soo cararay dagaallada. Hadda ilaa 25 qof ayaa ku nool. Qolka fadhiga waxaa yaal taleefan aan dibedda loo diri karin laakiin la soo diri karo. Dadka guriga jooga waxaa ka soo wici jiray qaraabadooda ku maqan Yurub, Carabaha ama Maraykanka. Waqtiyada waddammadaas oo kala duwan ayaa keeni jirtay in taleefanku soo dhici jiray waqti walba—habeen ama maalin. Dadka qaar in badan ayaa la soo xiriiriyaa oo weliba baahiyahooda iyo siday noloshooda wax uga beddeli lahaayeen lagala shaqeeyaa. Qaar kalena waxaa dhib ku ahayd in qaraabadoodii u soo diraan waxay ku noolaadaan, ama ay ka helaan xiriirin joogto ah.

Marka taleefan soo dhaco, dadka oo dhan ayaa isku mar boodayay ama indhaha ku qabanayay xagga taleefanka. Qofka ugu horreeyaa markuu qabto, ayaa sidii iyadoo salaad lagu jiro, loo wada aamusayay, si loo maqlo qofka la soo wacay magaciisa. Inta qofka la soo wacay hadlayo, dhawr qof ayaa dul taagnaan jiray kuwaasoo sugayay inay qofka dibedda ku maqan farriimo ugu sii dhiibaan qaraabadooda ay ka war la' yihiin ee joogta waddanka uu qofku ka soo hadlayo. Taleefankaasu wuxuu u muuqday sidii xarig adag oo loo soo laalaadiyay dad ceel ku dhacay. Dadka guriga joogaa waxay rejaynayeen inay maalin uun xarigaas kaga bixi doonaan godka ay ku dhaceen oo ay kaga soo kaban doonaan dhibkii dagaalladu gaarsiiyeen.

Gurigu dadka kuma filnayn, laakiin waxaa qolalkii laga qaaday sariirihii oo waxaa la goglay firaashyo isdhinac yaal oo raggana waxaa la siiyay qol dumarkana qol. Qolkii saddexaad waxaa isugu tagay reerkii martida loo ahaa iyo carruurtoodii. Raashinka waa la wadaagi jiray oo reerka martida loo yahay ayaa soo iibin jiray, karinta iyo diyaarintana waxaa iska caawin jiray reerka iyo dumarkii martida ahaa.

Sheekada ugu xiisaha badan waxay ahayd wararka ka yimaadda dhulkii iyo sida wax isu beddelayeen. Dagaallo weli socday ayaa hadba idaacadaha laga dhegaysan jiray. Galabtii saacaddu markay tahay shanta, xaafadaha Soomaalida waxaa yaraan jiray dhaqdhaqaaqa. Waxaa jawigu u ekaan jiray Ramadaanka waqtiga afurka loo fadhiyo. Waxaa loo fariisan jiray dhegaysiga wararka idaacadda BBC-da laanta af Soomaaliga. Samaacado waaweyn ayaa makhaayadaha dibaddooda la soo dhigi jiray. Makhaayaduhu waxay u kala suuq badnaayeen, sida ay samaacadahoodu u kala cod fiican yihiin. Wararka waxaa ugu badnaa reer degmo qabsaday iyo kuwo degmo laga saaray. Dadka dhegaysanaya qof walbaa wuxuu niyadda kala jiray reerkiisa, oo hadduu maqlo in qoladiisii maanta adkaadeen wejigiisa oo farxadi ka muuqato ayuu isha ku xadi jiray kuwa ay ka adkaadeen ee markaas ag taagan oo idaacadda la dhegaysanaya.

Markii idaacaddu dhammaato waxaa la bilaabi jiray falanqayn, oo kuwii la sheegay in laga adkaaday ayaa inkiraad iyo inay iyagu hadda warkii u dambeeyey hayaan sheegi jiray. Idaacaddu waxay hawada ku jiri jirtay 30 daqiiqo oo keli ah. Laakiin falanqaynta ka dambaysa ee dadku dib uga doodayaan warkii BBC-da, ayaa qaadan jirtay saacad kale ama ka badan. Kuwii la sheegay inay adkaadeen ayaa dadka ugu hadal badnaa. Marka la kala tagayana waxay faankooda ku soo xiri jireen in dadku walaalo yihiin oo ay rejaynayaan in Ilaahay kala qaboojiyo. Malaha waxay ogaayeen in waxa qaboobaa ay adkaadaan oo dhagaxoobaan, waxayna rabeen in guushoodu dhagaxowdo oo aanay dib uga dhalaalin. Kuwa sidaas u ducaynayaa markii ay gurigii tagaan ayay faankii meeshii ka bilaabi jireen oo dadka qaxootiga ah ee ay wada degganaayeen ku salaami jireen warkii ay farxadda u arkayeen.

Guriga Faadumo iyo ilmuhu joogaan, maalintii dadka martida ah inta badan waa maqnaan jireen haddii ay meel kale qado ka soo heli karaan. Guriga waxaa xeer ka ahaa in haddii waqtiga qadada la dhaafo, aan qofkii maqan raashin loo dhigin. Habeenkii markii la soo noqdo waxaa lagu sheekaysan jiray qof walba wixii uu maanta war soo helay. Xaaladda waddanka waxaa weheliyay arrimo la xiriira dhoofka iyo safaaradaha fiisooyinka laga helo akhbaartooda.

Faadumo waxay heshay dal-ku-gal ay ku gasho Maraykanka. Waxay qaraabo joogtay dhawr waddan oo kala duwan isugu soo dareen tigidhkii diyaaradda ay ku raaci lahaayeen iyada iyo ilmaheedu. Waqti badan ma qaadan inay tagto Maraykan oo bilowdo nolol cusub.

Intaan la safrin ayaa ilmihii dareemeen in wax weyn iska beddelayaan noloshooda. Waxaa loo soo iibiyay maryo badan oo qaali ahaa oo ay ku jiraan jaakado waaweyn oo laga gashado qabowga. Dadkii faraha badnaa ee soo booqanayay maalmihii ay dhoofayeen, waxaa wejiyadooda ka muuqday farxad loogu muujinayay inay nasiib leeyihiin oo xaaladda maanta waddanku marayo iyo jahawareerka socda ay ka badbaadeen. Waxay subax walba ku soo toosayeen iyagoo sawiranaya isbeddelka ay kala kulmi doonaan waddanka cusub ee ay u sii gudbi doonaan iyo nolosha ay gali doonaan.

Faadumo maskaxdeeda waxaa ku weynaa inay ka nasato dagaalladii oo dhegaheedu aanay maqlin rasaas dhacaysa. Rasaastaba waxaa uga sii darnaa sheekooyinka dagaallada oo qofkii ay aragtaaba ku salaami jiray. Sheekooyinkaasu waxay u badnaayeen dhacdooyin aanay wax ka beddeli karin, laakiin ku reebi jiray welwel ka mashquuliya nolosheeda kale ee ay wax ka beddeli karto.

Waxay tagtay magaaladii ay qaraabada ku lahayd. Waqti yar ka dib waxaa lagula taliyay inay u guurto magaalo kale oo Soomaalidu ku badnayd oo loo sheegay inay ka degaan fiican tahay. Waxay degtay meel u dhow iskuul ay carruurta geysato, oo subaxa hore waxay waqti u heli jirtay inay guriga ka shaqaysato ama adeegga ka soo qaadato dukaammo yaryar oo u dhowaa. Waxaa loo sheegay in toddobaadkii mar la aado dukaan weyn oo tagsi loo raaco oo laga soo iibsado adeeg dhammaystiran.

Maalmihii ay cusbayd waxaa soo booqan jiray qaraabo iyo asxaab cusub, oo ka caawin jiray degitaanka iyo barashada meelaha laga heli karo waxyaabaha ay u baahan tahay. Markii dambe waxaa lagula soo xiriiri jiray taleefan.

Soomaalidii ka soo qaxday dagaalka ayaa ku soo badatay magaaladii ay degganayd. Waxay la soo qaxeen caqligii dagaalka. Waxay isu heleen waqti iyo xorriyad ay ku doodaan. Doodaha waxaa shidaal u ahaa wararka dagaalka oo aad loo xiisayn jiray. Sidii Itoobiya ayaa BBC-da la dhegaystaa, dadka qaarna waxay lacag badan ku bixiyaan inay taleefanno u diraan Afrika ama Yurub oo qaraabo joogta weydiiyaan wararkii ugu dambeeyay. Waxay taleefanka joojin jireen markii loo sheego war ay ku dagaal galaan markay caawa tagaan makhaayadda *Starbucks* oo fadhi-ku-dirirka loo tago.

Dadka taleefannada dirayaa waxay dadka u jeclaayeen qofka Afrika ama Yurub jooga, ee u sheega in reerkoodu guulo gaareen ama beeniya guulaha ay sheeganayaan beelaha dagaalku ka dhexeeyay. Kuwo Afrika jooga ayaa si loola soo hadlo maalin walba sameeya sheeko cusub oo weerar, difaac, iyo dhabarjabin u badan, oo ay makhaayad Nayroobi ama Adis Ababa ku taal ku dhex allifeen. Kuwaas maadaama iyaga warkii loo soo doonanayo, waxay warka ku soo gunaanadi jireen in taakulo loo baahan yahay iyo in reerkii kale shalay gurmad cusub iyo rasaas soo gaareen. Lacagtaas iyagaa lagu soo hagaajin jiray. Halkaas waxay ku heli jireen masaariiftoodii, xoogaa ay dadka reerka ah ee magaalada jooga u qaybiyaan, iyo in ay odayaal dagaalka ka ag dhow u sii gudbiyaan.

Waxaa samaysantay shabakad isku xiran oo iyagu aan dagaallada galin laakiin iibiya wararka. Dadka Yurub iyo Maraykan ku maqan waxay ka iibiyaan wararka dagaalka iyo saadaasha siyaasadda dalka, kuwa furimaha dagaalka joogana waxay ka iibiyaan wararka iyo talooyinka Qurbajoogta. Labadaas dhexdoodana waxay kala baxaan masruuf ay gurigooda ku maamushaan iyo magac ay beesha ku dhex yeeshaan.

Faadumo meelna war uma doonan jirin laakiin habeenkii ayaa dad lacag taakulo ah doonayaa taleefan u soo diri jireen, oo wixii Nayroobi ama Yurub laga soo sheegay u sheegi jireen.

Labo nin ayaa Soomaalida Faadumo magaalada la deggan warka u soo diri jiray. Mid waa Xasan Faratiris, oo ahaa nin waqtigii nabadda dukaan ku lahaa magaalo reerkoodu degaan. Wuxuu ahaa nin aad ugu indho furan lacagta dadku u dhiibaan marka ay wax ka iibsadaan oo si fiican isaga xisaabiya. Sidoo kale markuu dadka lacag baaqi ah u celinayo sidii ayuu u hubin jiray si aanu u bixin wax siyaado ah. Waxaa kale oo uu caan ku ahaa inuu qabiil walba jilib jilib u tiriyo. Guriga waxaa u yaallay sanduuq ay ku jiraan warqado uu ku xisaabiyo qabaa'ilka deggan magaaladiisa iyo tuulooyinka u dhow.

Xasan wuxuu qaxooti ku ahaa Adis Ababa. Guri taleefan leh ayuu degganaa oo dadku isugu yimaaddaan.

Subaxa hore wuxuu tagi jiray meel uu yaal raadiye (taar) lagala hadlo waddankii. Raadiyaha waxaa fadhiya labo nin oo dadka lacag ka qaada, oo markaas la hadla raadiye kale oo yaal magaalada qofku doonayo inuu la hadlo. Inta badan qofka waxaa la oran jiray berri soo noqo si qofka aad doonayso inaad la hadasho laguugu doono. Raadiyayaashaasu waxay muddo ahaayeen waxa keliya ee dadku ku xiriiri jiray, oo degmooyinka inta badan waxaa yaallay raadiyayaal ay markii hore isticmaali jireen ciidammadii iyo hay'adihii dawladdii dhexe.

Inta badan Xasan ma bixiyo lacag oo meel lama hadlo, laakiin saacado badan ayuu iska fadhiyaa meesha oo dhegaystaa waxa dadka kale ku sheekaysanayaan. Raadiyaha habka loogu hadlo waxay ahayd in qofku gacanta ku hayo inta uu hadlayo, markaasna sii daayo si qofka kale u soo jawaabo.

Dadka meesha fadhiya oo dhan ayaa dhegaysan jiray waxa labada qof isweydaarsanayaan, oo ma ahayn meel wax sir ah lagu sheegi karo. Laakiin maalmaha qaarkood ayuu Xasan waqti hore keligiis iman jiray, oo wiilasha jooga raadiyaha midkood oo ay qaraabo yihiin, ka codsan jiray inuu intaan dadku iman la hadlo dhawr meelood oo arrimo hoose weydiiyo. Markii dadku yimaaddaan, hadalka qofka Adis jooga iyo kan waddankii ka soo jawaabaya, labadaba Xasan waa maqli jiray. Intaas ayuu duhurkii la noqon jiray. Casarkii waxaa soo bilaaban jiray taleefannadii Yurub iyo Maraykan. Intii uu maanta soo maqlay ayuu sii qurxin jiray oo gudbin jiray.

Ninka kalena waa Cabdi Ciddiyabirre oo Nayroobi joogay. Wuxuu ahaa nin kulul oo wixii uu doono aan lagu qabsan oo aan si sahlan wax loo fahamsiin karin. Laakiin waxay beeshu u qabtay in waqtiga markaa la joogay isaga oo kale aad loogu baahnaa.

Faylkii markii waddanku nabadda ahaa ee ciidanka laga cayriyay uu dacwadaha ku ridan jiray, ayuu hadda ku ritaa magacyada ganacsatada reerka iyo qaaraanka xisaabihiisa. Dadka hortooda faylka kuma furi jirin oo wuxuu oran jiray: habeenkii markaan guriga tago ayaan xisaabtoo dhan isu geeyaa. Sababta uu mar walba u sito faylka haddaanu maalintii wax ku qorayn lama weydiin jirin.

Ciddiyabirre maalmaha xaaladaha dagaal ama siyaasadeed ee culus jiraan uma warrami jirin oo keliya dadka meelaha fog jira. Dadka Nayroobi la jooga ayaa waraysi ugu iman jiray. Dadkaas qaarkood waa ogaayeen in aan Ciddiyabirre meel u safrin war cusubna aan loo soo dirin, laakiin maalmaha reerka dagaal ama siyaasad lagaga adkaado, waxaa la isaga baahnaa qof sheega war lagu sii meel gaari karo, runtaba ha ka fogaadee. Waxaa caado u ahayd inaanu makhaayadaha dadka kala duwan fadhiyaan ku warramin. Wuxuu dadka dareensiin jiray in xogta uu hayo mudan tahay in la dhowro, markaa wuxuu si gaar ah isaga hubin jiray dadka dhegaysanaya. Intaanu hadalka bilaabin afarta gees ayuu isha mariyaa. Haddii dadka u yimi uu la socdo qof aanu aqoon, sheekada ma bilaabi jirin ee arrimo guud ayuu ka hadli jiray. Markii si hoose loo waraysto ayuu farta ku fiiqi jiray ninka aanu aqoon, "Ninkaan ma nala ka yaqaan?" Markii loo sheego in ninku reerka yahay oo weliba loo abtiriyo, ayuu bilaabi jiray wixii war ah ee uu hayo.

Ciddiyabirre iyo Faratiris waxay reerahooda gudaha iyo dibeddaba ku lahaayeen ammaan iyo magac. Qabiil walbaana wuxuu lahaa rag iyaga la mid ah.

Faadumo waxaa welwel ku hayay dadkii ay ka timi ee waddankii joogay. Ma jirin taleefanno ay kala xiriirto qaraabadii iyo asxaabteedii. Marmar waxay la hadli jirtay gurigii ay Adis Ababa ka degganayd oo ay weydiin jirtay xaaladda dadkii waddanka joogay. Inta badan war kama heli jirin gurigaas, haddii wax loo sheegana ma wada rumaysan jirin, laakiin ma jirin meel kale oo ay war u doonato. Waxay isaga noolayd rejo ah in maalin uun la is-heli doono.

Masjid ay carruurta geyso maalinta Sabtida ah si ay Qur'aanka ugu bartaan, ayay marmar dadka kale ee iyaguna carruurta keensada isku dayi jirtay inay la sheekaysato oo iska weheshato. Waxay maalintaasi u ahayd maalin ay ku soo xusuusato xaafaddii ay degganayd. Sheekooyinka dadkaasu waxay u badnaayeen kuwo ku saabsan dhibaatooyin qof walba ka sheegto noloshiisa Maraykanka, iyo inay isweydiiyaan sida loo xalliyo mashaakillo shakhsi u badan. Waxaa jiray dhallinyaro wax baratay oo masjidka iman jiray, si ay dadka talo u siiyaan ama ugu sheegaan meesha ugu habboon ee ay talo ka heli karaan.

Meelaha keliya ee dadku u sinnaayeen waxay ahaayeen masaajidda. Waxaa kaloo iyagana si aan kala sooc lahayn loo wada fariisan jiray makhaayadaha fadhi-ku-dirirka, oo u badnaa kuwo aan Soomaalidu maamulin.

7

Dadka aan meel fog u qixi karin ee magaalada dhinac ka mid ah u guuray si ay dagaalka uga nabad galaan, waxaa ka mid ahaa reer Coonka. Waxay tageen xaafad uu degganaa nin ay qaraabo ahaayeen oo ay labo saacadood u sii socdeen. Intii ay socdeen waxay marmar ku dhuumanayeen guryo laga guuray iyo gidaarro markii ay xabbado ka dhacaan meesha ay marayaanba.

Gurigii ay u socdeen waxaa ku soo guuray ilaa afar qoys oo kale, oo kama bannaanayn meel lagu kala nasto ama la seexdo. Laakiin ma jirin xal kale oo meeshoodii ayay isaga dul dhaceen. Way ogaayeen in ay adag tahay in guriga ciriiriga ah waqti badan la sii joogo. Waxay ku tashadeen inay u guuraan meel tuulo ah oo Coonka aabbihiis ku lahaa dhul beereed roobka lagu beero.

Habeenkii saddexaad ee ay la joogeen reerka, ayaa waxaa waqti cishaha laga soo baxay, qaylo ka yeertay guri ku yaallay meel u dhow. Saddex oday oo uu ku jiro Coonka ayaa u baxay si ay u soo fiiriyaan waxa qaylada keenay. Waxay arkeen wiilal qoryo sita oo gurigii hor taagan.

"Salaama Calaykum. Adeer maxaa dhacay?"

"Ka noqda meesha!" Ayay ku jawaabeen wiilashii qoryaha sitay iyagoo xabbado cirka u ridaya.

Odayaashii waxay ogaadeen in wiilashu yihiin tuugo reerka dhacaya, oo qaarna gudaha ku jiraan kuwa kalena dibedda ilaalo ka yihiin. Ma noqon ee waa ku socdeen iyagoo ku hadlaya hadallo dejin iyo caqli celin ah. Wiilashii markay arkeen in odayaashu aanay noqonayn, ayay xabbado ku rideen. Labo uu ku jiro Coonka ayaa dhaawacmay.

Dadkii guriga ku jiray iyo dad kale oo xaafadda ka soo yaacay ayaa isugu yimi guriga hortiisii. Wiilashii qoryaha sitay markiiba waa carareen oo baabuur ay wateen ayay ku boodeen.

Coonka waxaa xabbaddu kaga dhacday meel kellida u dhow, laakiin markaas waa hadli karey. Ninka kale gacanta midig dhudhunkeeda ayaa kala jabay.

Waxaa la doonay reer meel xoogaa fog degganaa oo baabuur guriga ku qarsaday. Dadku maalmahaas baabuurta intay shaagagga ka saaraan, ayay ku qarsan jireen guriga gudihiisa si aan looga dhicin.

Waqti ayay qaadatay in baabuurkii la soo diyaariyo oo lagu qaado labadii nin ee dhaawaca ahaa. Hal cisbitaal ayaa habeenkii inuu furan yahay la ogaa, kii ayaana toos loo abbaaray. Labo meelood ayaa ciidammo ku joojiyeen gaarigii oo xoogaa lacag ah ayaa la siiyay si dhaawaca loo gudbiyo. Cisbitaalka ma joogin dhakhaatiir oo waxaa la sheegay inay subixii iman doonaan. Laakiin dadkii deriska ahaa ee dhaawaca soo qaaday qaarkood, ayaa doonay dhakhtar degganaa meel u dhow cisbitaalka, isagii iyo dhawr kalkaaliso oo habeenkaas heegan ahaa ayaa isugu tagay inay wixii ay qaban karaan qabtaan.

Coonka wuxuu u baahnaa qalliin degdeg ah iyo in la tolo xubno gudaha ah. Laakiin qalab iyo daawo muhiim hawshaas u ahaa ma oollin cisbitaalka, oo waxba lama qaban karin. Galabtii dambe ayaa Coonka u geeriyooday dhaawacii, waxaana lagu aasay isla cisbitaalka dhexdiisa meel markii hore loogu talo galay in ubax iyo geedo lagu beero, oo markii dagaalku bilowday loo beddelay qubuur. Taas waxaa keenay in aan la haysan gaadiid iyo shidaal maydadka lagu geeyo qubuurihii rasmiga ahaa ee magaalada bannaankeeda ku yaallay. Dariiqyada magaalada, beerihii ubaxa, xeryo ciidanka ama hay'ado dawladeed lahaayeen, ayaa laga wada dhigay qubuur.

Dhawr maalmood ka dib, reer Coonka waxay u guureen tuuladii uu awoowgood ku lahaa dhulka iyo beerta. Weligood ma arkin tuulada oo aabbahood keliya ayaa yaqaannay, marka darawalkii baabuurka ay sii raaceen ayay u shegeen inuu u joojiyo tuulada Qodaalsan.

Goor subax ah ayaa gaarigii qaadi lahaa ugu yimi gurigii ay martida ku ahaayeen. Wuxuu gaarigu u muuqday inuu buuxo, waayo reero badan ayaa alaabtoodii ku soo rartay oo iyaguna ku qaxaya meelo ka durugsan dagaallada. Muumino carruurtii ayay meel uga heshay gaariga dushiisa, alaabtoodiina qaar ayaa dusha la saaray intii kalena gaariga hareerihiisa ayaa xargo lagula xirxiray. Baabauurta lagu qaxayo oo dhan waxaa geesaha ka lushay dad ama alaab boos looga waayay dusha gaariga.

Saacad markii gaarigu ka sii maqnaa magaalada, ayuu ka leexday waddadii laamiga ahayd, waayo roobabkii da'ayay iyo hagaajin la'aan raagtay, ayaa waddadii ka soo reebay dhagaxaan soo taagtaagan oo baabuurta aadka u raran ay ku dhibtoodaan inay maraan. Waxaa kaloo jiray meelo tuugo baabuurta ku baarato oo darawalladu ka leexdaan haddii ay awoodi karaan. Wuxuu darawalku yaqaannay dhawr waddo oo lagu gaari karo magaalooyinka uu dadka u wado. Waddooyinkaas qaar ayaa dhawr goor dib ugu soo noqonayay laamigii, oo intay dhinaca kale u dhaafaan haddana dib u soo goynayay laamigii.

Wuxuu darawalku qorsheeyay marka la gaaro xilliyada cuntada ama biyuhu ka dhammaadaan dadka, in laamiga dib loogu soo leexdo si tuulooyinka laamiga ku yaal looga helo wixii aan safarka looga maarmin.

Markii sidaas lagu socday habeen iyo maalin ayaa gaarigii joogsaday. Waxaa ku soo baxday cillad uu darawalku sheegay in aanu u hayn qalab iyo farsamo midna, oo xalka keliya ee jira uu yahay in la helo gaari kale oo ku noqonaya magaaladii laga yimi, si looga keeno nin farsamayaqaan ah oo soo qaata qalabkii loo baahnaa. Nasiib wanaag meesha gaarigu ku jabay waxay ahayd meel laamiga ah oo tuulo ay ku taal. Muumino wuxuu darawalku u sheegay in meeshii ay u socdeen dhowdahay oo ay saacad ama labo ku gaari karaan haddii ay subixii dhaqaaqaan.

Sidii ayay Muumino u tilmaan qaadatay oo aroortii wixii ay alaab qaadan kartay iyada iyo caruurteedu dhabarka u riteen, oo jihadii loo tilmaamay foodda saareen. Waxaa loo sheegay in buur markaas u muuqatay haddii ay dhaafaan ay ku soo bixi doonto dooxo bannaan oo labo tuulo ku yaallaan. Labada tuulo tan dambe ayaa loogu sheegay in uu joogo ilmaha awoowahood.

Ilmuhu socodka waxay u arkayeen khibrad cusub oo raaxo leh oo ay ka sheekayn doonaan. Waxay si xiiso leh u daawanayeen midabbada kala duwan ee ubaxa iyo caleenta geedaha. Neecawda dhacaysay waxay kaymaha ka soo kaahinaysay udgoon ay aad u jeclaysteen, oo ka imanayay xayga ka baxay dhirta waqtiga barwaaqada ah marka barqadii qorraxdu ku dhacdo. Saacad iyo bar ayay xiisahaas ku socdeen. Laakiin xiisuhu waa sii yaraanayay marka daalku sii bato. Buurtu waxay u muuqatay in markii loo soo dhowaadaba, ay sii durkaysay.

Labo saacadood markii ay socdeen ayay gaajo iyo harraad dareemeen ilmihii. Muumino waxay ku dhiirrigalinaysay inay xoogaa dulqaataan oo sugaan inta ay ka gaarayaan tuulada ama meel ay biyo ka helaan. Iyagoo weli sidaas ku socda ayay ku soo baxeen beer uu ka baxo qare aad u badan. Muumino saddex qare ayay soo goysay oo intay dhulka ku dhufatay ilmihii u qaybisay. Si fiican ayay uga gaajo iyo harraad go'een. Markay in yar geed hoostiis ku nasteen ayay tiri aan soconno si aan waqti iftiin ah u gaarno tuuladii.

"Hooyo dadkii beerta lahaa aan sugno si aan ugu sheegno inaan xoolahoodii ka cunnay." Ayuu Cabdalle yiri.

"Hooyo miro beer laga cunay iyo biyo berked laga cabbay diintana dembi kuma aha dhaqanka Soomaalidana ceeb kuma aha ee na keen." Ayay tiri Muumino iyadoo sii kacaysa.

Buurtii markay koreen waxay arkeen bannaan aad u weyn oo beero badan ku yaallaan oo meel fog ay ka muuqdaan labo tuulo oo isu dhow. Laakiin markay buurtii ka soo degeen labadii tuulo lama arki karin oo waxaa qarinayay geedaha iyo beeraha ka sokeeya. Saacad kale ayay sii socdeen ilaa ay waqti duhurkii ka dib ah u soo muuqatay tuuladii uu darawalku xalay u sheegay. Marka tuulooyinka loo soo dhow yahay waxaa dariiqa dhinacyadiisa lagu arki jiray daasado iyo caagag duug ah oo ciidda ku darsamay. Ciyaal xoolo ka foofiyay tuulada ayaa meelo fog ka muuqan jiray.

Tuuladii kowaad markay marayeen, ayay Muumino ilmihii ku nasisay meel makhaayad ah.

Waxay cuneen qado aan iidaan badan lahayn, oo ahayd bariis dusha looga shubay maraq biyo u badan oo aan hilib lahayn. Ilmuhu waxay hooyadood u sheegeen inaanay weligood cunin cunto ka macaan.

"Hooyo gaajada ayaa cuntada dhadhanka u yeesha ee wax gaar ah kuma jiraan qadada." Ayay ku tiri Muumino.

Markay qadeeyeen waxay in yar iska fadhiyeen meeshii oo waxay islahaayeen qorraxdu ha idinka qabawdo. Ilmuhu waxay weli ka sheekaynayeen quruxda, harka qabow, iyo cunna-macaanka meesha. Muumino waxaa caado u ahayd inay ilmaha dareenkooda dersi ugu darto.

"Hooyo nolosha oo dhan waxa xiisaha u yeela waa dhibka iyo cadaadiska, cabsida iyo rejada. Haddii aanu qofku welwel qabin, ma guursadeen oo ma shaqaysteen oo wax ma kaydsadeen. Waxaasoo dhan waxaa looga hortagayaa cabsi laga qabo nolosha. Marka raashinka la iska cuno iyadoo aanay jirin gaajo kugu riixaysa, dhadhankiisu ma dhammaystirmo."

Casarkii ayay dhaqaaqeen oo waqti yar ka dib waxay gaareen tuuladii loo tilmaamay. Waxay bilaabeen waraysi iyo inay magaca awoowahood sheegaan. Isla markiiba waxaa la geeyay gurigii awoowahood. Waa deyr aad u weyn oo geedo lagu wareejiyay. Geedaha ku wareegsan deyrka intooda badan waa qoyan yihiin waxaana laga banneeyay meel irrid ah oo laga soo galo. Tuulada guryaha ku yaal iyaguna sidaas ayay badankoodu u samaysan yihiin. Waxaa deggan ilmaha awoowahood iyo gabar uu dhalay oo xaas ah.

Dhawr guri oo muddullo ah ayaa deyrka ku dhex yaal. Marka la soo galo dhinaca midig waxaa ku yaal muddulka odayga. Meel irridda ku toosan waxaa ku yaal labo muddul oo isu furan oo gabadha xaaska ah deggan tahay. Dhinaca bidix waxaa ku yaal meel musqul ah iyo xero yar oo loo kala qaybiyay riyo iyo digaag in lagu xereeyo.

Reerkii waxay isu qaybiyeen muddulkii awoowahood iyo kii eeddadood inay kala degaan. Maalmo ka dibna meel labada reer u dhexeysay ayaa guri cariish ah oo geedo iyo dhoobo ka samaysan looga dhisay. Dhismaha badankiisa waxaa samaysay Muumino oo doonaysay in ilmuhu helaan guri u eg kuwii ay magaalada ku yaqaanneen.

Muumino isla markii ay dhammaysay gurigii ilmuhu degi lahaayeen, waxay ku dhaqaaqday inay meel ka diyaarsato dhulkii ay beeri lahayd. Ma jirin meel kale oo reerka wax ka soo galaan, waayo tuuladu shaqo ma lahayn oo muufadii hadday iibin lahayd, dadku ma haystaan lacag ay si joogto ah wax ugu iibsadaan.

Wiilal qaangaar ah tuulada kuma badna oo markii waddanku nabadda ahaa, ayaa intoodii badnayd magaalooyinka waaweyn u shaqo doonteen. Intii tuulada ku hartayna, waxaa kaxaystay ciidammo qabaa'ilku leeyihiin, oo waxay ku jiraan dagaalka socda. Makhaayad ku taal tuulada bartankeeda oo baabuurtu istaagto, ayaa odayaashu subixii iyo galabtii fariistaan oo warka laga soo qaataa.

Ilmaha awoowahood ayaa habeenkii deyrka dhexdiisa derin iyo barkin loo dhigaa. Ilmaha ayaa soo ag fariista oo uu uga sheekeeyaa wixii war ah ee maalintaas tuulada soo gaaray. Ilmuhu maalinta inta badan waxay la shaqeeyaan hooyadood oo beertii ayay aadaan. Muumino waxay beerta dhexdeeda ka dhistay meel daash ah oo ay dusha ka saartay caleemo, si qorraxda looga harsado duhurkii. Ciyaalka qaar ayaa halkaas maalintii iska seexan jiray.

Nolosha tuuladu waxay la ahayd ilmaha inay beddeshay dareenkoodii. Dhegahoodu waxay u muuqdeen inay meel fog wax ka maqlayaan. Waxaa sidoo kale u soo urayay waxyaabo aan markay magaalada joogeen ur gaar ah lahayn, sida shaaha oo marka galabtii guri xoogaa ka fog laga karinayo ay udgoon gaar ah ka heli jireen. Awoowahood wuxuu ku oran jiray, "Wax walba markay xadkooda dhaafaan waa qiima beelaan. Magaalada waxaa ku badan sawaxanka iyo qaylada, oo dheguhu waxay dagaal ugu jiraan kala sooca codka micnaha leh iyo guuxa magaalada. Sidoo kale, waxyaabo badan oo midba ur gaar ah leeyahay, oo hawada magaalada ku wada jira, ayaa dareenka urta wareeriya marka magaalo la joogo. Qofku waa isla qofkii, dareenkuna waa isla dareenkii, laakiin waxaad timaaddeen meel dareenku si buuxda u shaqayn karo."

Galab ayay maqleen qaylo iyo oohin reer deriskooda ahaa ka yeeraysa. Bannaanka waxaa ordaya carruur soo maqashay qaylada. Guriga hortiisa waxaa dhulka taal qof dumar ah oo dhawr qof dul joogaan. Waxay ahayd islaan loo soo sheegay in wiilkeedii, oo labo bilood ka hor ay kaxaysteen qolyo ciidan qabiil ah si uu ugu dagaallamo, shalay lagu dilay dagaalladii. Wararka noocaas ahi kuma yarayn tuulada, oo waxaa gaarigii soo maraaba ka warrami jiray xaaladda dagaalka, oo ay ka mid tahay wiilashii ka tagay Qodaalsan ee dagaalka ku maqnaa, oo dhaawac ama dhimasho laga soo sheegayay.

Cabdalle ayaa habeen u sheegay hooyadiis inuu rabo inuu ku noqdo magaalada oo uu shaqo ka doonto.

"Hooyo aniga shahaadadii iskuulka waan qaatay oo hadda magaaladii xoogaa dagaalkii waa sii yaraanayaa ee aan baxo."

Hooyadiis waxay weli ka qabtay welwel in aan magaaladii lagu noqon karin, oo dagaalladii iyo dhibkii ay soo mareen ayay xusuusnayd. Dhawr habeen ka dib ayaa awoowihiis soo sheegay, in nin oday ah oo tuulada laga yaqaan berri subax aadayo magaaladii oo laga soo sheegay xoogaa degganaan ah.

Cabdalle ayaa fursaddaas ka faa'iidaystay oo hooyadiis iyo awoowihiis oo wada fadhiya la hadlay.

"Hadda aniga laba bilood ayaan joogaa tuulada wax aan ka hayana ma jiraan. Reerka qof u maqan ma jiro. Haddii aan magaalada berri u raaco odayga oo aan shaqo soo raadsado, waxaan isleeyahay aniga iyo reerkaba mustaqbalkeenna waa u fiican tahay. Waxaan ku degayaa ardaydii aan saaxiibka ahayn, haddii aan bil shaqo ku waayana waa soo noqonayaa."

Waa oggolaadeen.

Cabdalle awoowihiis ayaa siiyay xoogaaa lacag ah oo uu safarka ku galo. Hooyadiisna waxay u xirxirtay alaab aan badnayn, waxayna subixii ku sii sagootisay duco iyo talooyin.

Cabdalle markuu soo galay magaaladii, waxaa markiiba indhihiisu qabteen heerka burburka dhismayaasha iyo dayaca ka muuqda waddooyinka ciiddu soo gashay ama geeduhu ka baxeen. Waqti subax ah oo markaas roob da'ay ayay soo galeen magaalada. Meesha laga soo galo magaalada waxaa fadhiya koox hubaysan oo ag fadhiya bir dheer oo dariiqa si gudub ah loogu xiray. Qaar waxay ag taagan yihiin birta oo baabuurta ayay joojinayaan. Qaar waxay ku jiraan geed boocbooc ah oo jawaanno dusha laga saaray oo dariiqa dhinaciisa ku yaal. Qaar kalena waxay ka soo jeedaan meel ka jaban dhisme u dhow dariiqa.

Dhismuhu waa mid burbursan, laakiin weli dusha ka daboolan. Meesha ay ka soo jeedaan, oo laga galo dhismaha, uma eka meel markii hore albaab ahaan jirtay ee waxay u eg tahay in madfac ku dhacay. Inay iyagu ulakac madfac ugu dhufteen si dhinaca ay birtu ku taal albaab uga furtaanna, waa laga yaabaa. Baabuurta marka la joojiyo waxaa laga qaadaa lacag lagu sheego in nabadgalyada lagu sugayo, qofkii dood ama su'aalo qabana waxaa loo diraa dhinaca geedka booca ah ee jawaannadu saaran yihiin.

Dhallinyarada ciidanka ka ah meesha waxay u badan yihiin kuwo da'doodu qiyaastii u dhexeyso 14 ilaa 20. Kuwo intaas xoogaa ka waaweyn ayaa geedka booca ah ku hoos jira. Wiilasha qoryaha dariiqa la taagan wejigooda waxaa ka muuqda macaluul, daal, iyo quus. Waxay u badan yihiin kuwo laga keenay miyiga ama tuulooyin magaalada ka baxsan, oo lagu hawlgaliyay inay ilaaliyaan xuduudka qabiilkooda. Wixii ay ku noolaan lahaayeen waxay ka helaan dariiqyadaas ay birta ku gooyaan, oo ma laha mushahar ama gunno ay ka helaan dadka qoryaha u dhiibtay. Waxaa jira koox odayaal iyo da'-dhexaad u badan oo iyagu go'aamiya dagaallada iyo nabadda, oo waddanka gudihiisa iyo dibaddiisa u qaybsan. Kooxdaas ayaa kala qaybsata wixii hay'adaha laga helo ama qurbajoogta qaaraan ahaan looga soo qaado.

Kuwa ciyaalkaas dagaalka galiya, uma kala duwana madaafiicda ay magaalada ku garaacaan iyo wiilasha ay dagaalka galiyaan. Labadaba in ay cadawgooda ku ridaan ayay u haystaan. Wiilasha ku dhinta dagaalka, haddii ay sahlan tahay in maydkooda la soo qaado, waa la soo qaadaa oo la aasaa. Haddii kale meesha ay ku dhintaan ayaa lagaga tagaa. Madfaca la rido, haddii ay fududaato in fuuqiisa la soo qaado, waa la soo qaadaa oo birta uu ka samaysan yahay ayaa la sii iibiyaa. Haddii kale meesha uu ku dhaco ayaa lagaga tagaa.

Wiilasha dariiqa taagan waxay qabiilka ugu qaybsan yihiin inay u dhintaan. Magacyadooda lama wada yaqaan, laakiin waxaa la yaqaan magaca qoyska hoose ee ay ka soo jeedaan, sidaas ayaana lagu dagaalgaliyaa, markay dhintaanna sidaas ayaa warbixinaha lagu gudbiyaa—"Saddex reer hebel ah iyo lix reer hebel ah ayaa dhintay."

Magacoodii saxda ahaa iyo muuqoodii waxaan illaawin waalidkii iyo walaalihii ay uga yimaaddeen gurigii miyiga ama tuulada. Meeshii uu reerkaas ugu jiray weligeed waa bannaanaataa.

Cabdalle wuxuu ku degay meel baabuurtu istaagto, wuxuuna dareemay in xoogaa dadkii si caadi ah u adeeganayaan oo colaaddii yaraatay, inkastoo magaalada weli dhawr kooxood kala xirteen oo qabiil kasta leeyahay xuduud ciidankoodu joogaan. Waxaa yaraa baabuurta gaadiidka dadweynaha, oo dadku inta meeshii ay u socdaan subaxa hore u sii lugeeyaan, markay soo dhammaystaan dantoodana, sidii ayay haddana lug ku soo noqdaan.

Wuxuu la degay wiil ay isku fasal ahaayeen oo magaalada xaafad bartankeeda ah degganaa. Xaafadda waxaa ilaaliya ciidan qabiil oo afar dariiq oo laga soo galo ayaa waxaa jooga baabuur iyo ciidan hubaysan. Inta badan dagaal ma dhaco laakiin waxaa badan maqalka rasaasta ka dhacaysa qoryo la tijaabinayo, ama waxaa ciidammadu saacaddiiba ridaan xabbado si ay ugu digaan ciddii damci lahayd inay soo weeraraan.

Magaalada waxaa ku soo batay hay'ado gargaar

iyo kuwo qabta hawlo la-talin siyaasadeed ah, oo waxay qaadaan imtixaanno ay ku qaadanayaan shaqaale. Cabdalle wuxuu isu diyaariyay inuu galo imtixaan ka mid ah kuwaas. Subax hore ayuu kallahay oo wuxuu gaaray xafiiskii hay'adda oo aan weli la furin. Askartii ilaalinaysay ayuu u sheegay inuu u yimi imtixaan subaxa la qaadi doono. Waxay u oggolaadeen inuu gudaha soo galo oo meel geedo hoostood ah sii fariisto.

Imtixaanka waxaa soo dalbaday ilaa 30 qof. Markii shaqaalihii yimaaddeen ayay arkeen Cabdalle oo keligiis ku jira gudaha. Nin Ingiriis ah ayaa weydiiyay magaciisa iyo sababta uu u soo galay dhismaha. Cabdalle wuxuu u sheegay inuu u yimi inuu galo imtixaanka oo uu deggan yahay meel fog, marka si aanu waqtigu u dhaafin uu soo baxay iyadoo aan weli qorraxdu soo bixin.

Gudaha ayay isu raaceen oo Cabdalle shaqaalihii kale ayay xoogaa sheekaysteen. Ninka qaadayay imtixaanka wuxuu ahaa ninkii ay Cabdalle wada hadleen, oo si gaar ah ayuu u dhegaysanayay Cabdalle hadalkiisa.

Imtixaanku wuxuu ahaa qayb qoraal ah iyo qayb hadal ah, oo qofka ay waraysanayaan ilaa saddex ka mid ah shaqaalaha hay'adda, oo mid walba ka eegayo dhinac gaar ah.

Cabdalle wuxuu ku guulaystay derejo sare wuxuuna ka mid noqday saddexdii qof ee la qaatay. Mushaharka waxaa loo sheegay in lagu siin doono doollarka Maraykanka, markaa isagu hadduu rabo uu suuqa ka beddelan karo. Maalintii ku xigtay waxaa loogu yeeray inuu tabbabar labo toddobaad ah ku qaadan doono isla xaruntii uu ku galay imtixaanka.

Mushaharkiisii ugu horreeyay wuxuu u kala qaybiyay saddex. Qayb isagaa meel dhigtay. Qayb wuxuu ku iibiyay raashin iyo alaab uu ogaa in reerkii u baahnaayeen. Qaybna reerkii ayuu iyadoo caddaan ah u sii dhiibay.

Reerku hanti intaas le'eg isku maalin weligood ma helin. In Cabdalle shaqo helay waxay ku ogaadeen alaabta iyo lacagta uu soo dhiibay. Inkastoo aan tuulada wax badan lacagta looga iibsan karin, haddana waxay ahayd maalmo farax oo muujinayay in dedaalkii waxbarasho ee Cabdalle guulaystay.

Saddexdii biloodba mar ayuu Cabdalle u safri jiray reerkii oo toddobaad la soo joogi jiray. Inkastoo reerka noloshoodu si fiican isu beddeshay, guud ahaan nolosha tuulada kama muuqan isbeddel.

Marmar ayaa Cabdalle iyo hooyadiis isu raacaan meel tuulada ka baxsan si ay u sheekaystaan. Maalin ayaa Muumino kaxaysay Cabdalle oo geysay meel cidla' ah oo tuulada looga socdo ilaa saacad barkeed. Waxaa meeshaas ku yaallay dhisme la bilaabay laakiin aan la dhammaystirin oo hadda aad u sii burburay. Wuxuu ahaa guri dhawr qol ah oo gidaarradii ilaa meel saqafka ku dhow la dhammaystiray. Waxaa ka dhex baxay geedo oo midabkii dhagaxa waxaa dusha ka fuulay dheeh cagaaran, oo qoyaanka roobka iyo geeduhu keeneen.

Muumino ayaa farta ku fiiqday dhismihii.

"Hooyo, halkaas maxaa kaaga muuqda?"

"Ma guriga?"

"Si fiican u fiiri, Hooyo."

"Hooyo, dhisme dunsan oo geedo ka dhex baxeen ayaan arkaa."

"Hooyo, waxa halkaas yaal waa rag hammigood. Qofkii gurigaan lahaa waqti ayuu ku riyoonayay inuu dhismahaan taago. Wuxuu tilmaansaday meeshii uu ka dhisi lahaa. Wuxuu doonay hantidii, qalabkii iyo shaqaalihii suuragalin lahaa dhismaha. Haddana waa kaas ka tagay. Waxaa u sawirnaa gurigaas oo dhammaystiran oo isaga iyo reerkiisii iyo asxaabtiisii ay ku raaxaysanayaan. Uma suuragalin. Inaanu weligiis ku soo noqonna waa u badan tahay."

Cabdalle intii hadalku socday wuxuu gacantiisa bidix ku hayay dhabanka. Madaxiisu waa fooraray. Indhihiisuna waxay eegayeen meel fog oo dhismaha aad u dhaafsan.

Muumino hadalkii ayay sii wadatay.

"Hooyo, waxaas adduun lagu dagaallamayo sidaasuu ku dambaynayaa. Waddanku wuxuu la burburay, hooyo, waa qorshe kaas la mid ah. Raggii nagu dul dagaallamay maanta hammigoodii sida dhismahaas ayuu meel cidla' ah yaallaa. Intaasaa dembi iyo ceeb loo dhex dabaashay. Midkoodna ma helin wixii uu doonayay, dad iyo duunyana ma noola."

Waxay ku soo noqdeen gurigii.

Cabdalle intii la soo socday waa aamusnaa

wuxuuna maskaxda ku calalinayay hadalkii hooyadiis. Habeenkii iyo maalintii ku xigtay sidii ayuu Cabdalle uga fekerayay hadalladii hooyadiis. Wuxuu islahaa sidee ku suuragalisaa in qorshayaasha noloshaadu aanay sida dhismahaas cidla' ku baabi'in.

Hooyadiis ayuu weydiiyay talo inay ka siiso shaqada cusub ee uu bilaabay iyo isbeddelka nololeed ee ay keensan karto.

Ilaa dhawr maalmood, jawaab ku aaddan dalabkaas ma bixin Muumino. Subaxii uu bixi lahaa, ayay u yeertay Cabdalle.

"Hooyo, shaqada iyo aqoonteeda adigaa iga badiya oo anigu gurigayga ma dhaafin. Laakiin waxaan aqaan dadka. Hooyo, dadka kula shaqeeya ha ku mashquulin. Ceebahooda ha baarin. Hooyo, marka qofku tago meel dad kale horay u joogeen, waxaa qof walba isku dayaa inuu dadka kale uga sheekeeyo. Qofna yaan lagaaga sheekayn. Qof walba adiga indhahaaga iyo caqligaagu waxay kaa tusaan kula dhaqan. Qofna qof kale ha u qaban. Qofkii wax ku dheer ha xasdin. Kii aad wax dheer tahayna ha yasin. Xilka ku saaran ha kuu muuqdo. Ilaahay ha ku garab galo, Hooyo."

Fasaxa gaaban wuxuu Cabdalle u ahaa waqti uu talooyinka hooyadiis ka soo shidaal qaato walaalihiisna kula soo sheekaysto. Wuxuu go'aansaday inuu reerka dib ugu soo celiyo magaalada, si uu safarka dheer ee uu mar walba ugu yimaaddo uga nasto. Markuu Cabdalle ku soo noqdo magaalada, muuqaallada uu arkaa waa isla kuwii u muuqday safarkiisii ugu horreeyay. Waxa keliya ee isbeddelay waa in geedkii booca ahaa ee kooxda dariiqa birtu u taal ku jireen, dusha laga saaray teendho qurxoon, oo ay ka muuqato calaamadda hay'ad deeq siisa dadka soo qaxa.

8

Caabbi iyo Dahabo waxay iska joogeen xaafaddii ay degganaayeen waqtigii dagaalku bilowday. Sannad ka dib ayaa reerkii oo dhan u safreen Nayroobi. Caabbi ayaa u baahnaa inuu cisbitaal galo oo qalliin lagu sameeyo. Isla maalmihii ay tageen waxay raadiyeen wax ka yimi Iswiidhan ama waddammo u dhow, oo war ka siiya Guuleed oo aanay wax war ah ka helin sidii dagaalladu u bilowdeen. Kuma guulaysan inay helaan qof yaqaan Guuleed. Waxay isku dayeen inay dadka qabiilkooda ah ee deggan Iswiidhan weydiiyaan meesha lagala xiriiri karo wiilkooda, laakiin Guuleed xiriir lama lahayn dadka qabiilkiisa ah, oo markuu waddanka joogeyba aqoon badan uma lahayn qabiilkiisa.

Caabbi waxaa dhawr jeer la mariyay qalliinno aad qaali ugu ahaa oo qaatay wixii reerka kaydka u ahaa. Marar badan ayuu miyir daboolmayay oo maalmo ka dib soo toosayay. Marka hadalku u furmo, su'aasha ugu horreysa ee uu weydiiyo dadka la jooga waxay ahayd: in laga war helay Guuleed. Ugu dambayn Caabbi waxaa lagu aasay Nayroobi.

Dahabo waxay go'aansatay inay ku noqoto dhulkii, waayo wax ay ku joogto Kiiniya ama ku dhoofto ma haysan, hadday dhooftana, lama ahayn inay heli doonto nolol ka wanaagsan tii ay soo martay.

Ma awoodin inay diyaarad raacaan, marka waxay iyada iyo gabadheedii mareen dhulka, oo dhawr baabuur oo midba magaalo sii geeyay ayay ku gaareen gurigoodii. Waxay degganaayeen guri uu lahaa nin ay Dahabo qaraabo ahaayeen, oo waddanka isaga iyo reerkiisii ka safreen. Ma ahayn guri weyn oo wuxuu ka dhisnaa qoryo iyo dhoobo, laakiin wuxuu ku yaallay meel nabad ah oo derisku is-ilaaliyaan.

Farxiyo waxaa guursaday wiil ay reerka deris ahaayeen, oo xaafadda dhallinyarada ilaalisa ka mid ah. Ma ahayn aroos dad badan loogu yeeray ee dhawr qof oo xaafadda deris ku ahaa ayaa ka soo qaybgalay. Isla gurigii ay degganaayeen ayaa reerka cusub la dejiyay. Wiilku ma hayn shaqo aan ahayn inuu la shaqeeyo dhallinyaro ilaaliya xaafadda, oo habeenkii iyo maalintiiba isu qaybiya inay ku wareegaan meelaha laga baqayo in tuugo ka soo gasho. Dhallinyaradu awood uma lahayn inay ka hortagaan ciidammada wata baabuurta gaashaaman, oo mararka qaarkood soo gala xaafadaha iyagoo sheegaya inay hawlo nabadeed wadaan, markaana wixii ay jeclaadaan oo hanti ah iska sii qaata. Waxay keliya oo hor istaagi jireen tuugada socotada ah iyo wixii kale ee dhib u keeni kara dadka deggan xaafadda.

Dahabo way ogayd in reerku u baahan yahay in laga caawiyo masaariifta, marka waxay go'aansatay inay suuq u dhowaa ka hesho meel ay ku iibiso khudaarta. Waxa ka soo baxa suuqa ma ahayn wax sidaas u weyn, laakiin maalintii reerku ciriiri galo waa lagu baxsan jiray.

Kama qabin waxa dareen ah inay Dahabo waqtigiii nabadda ku noolayd guryaha ugu qurxoon magaalada, laakiin hadda ay ku nooshahay guri dhoobo ah oo bishiiba ay mar gidaarradiisa gacanteeda ku hagaajiso. Waxay maalmaha Jimcaha ah isha marisaa dhammaan derbiyada guriga gudihiisa iyo dibeddiisa. Haddii ay aragto meel dhoobadii ka dhacday, waxay ku talagashaa inay gacanteeda ku samayso. Waqtiyada roobka iyo maalmaha xaafadda lagu dagaallamo ayaa sababi jiray in dhoobadu ka daadato gidaarrada.

Waxay lahayd baaf laga sameeyay fuusto, oo u yaallay qolka ay seexato meel gees ah. Waxay isku dari jirtay ciid ay ka soo qaaddo meel bannaan oo u dhow guriga waqti aroor hore ah oo dadku inta badan hurdaan. Biyo ay qiyaastay ayay ku dari jirtay ciidda si ay uga samayso dhoobo, oo markaas ku dabooli jirtay meeshii u baahan dayactir.

Farxiyo waxaa u dhashay labo gabdhood oo inta badan kama fogaato guriga oo waxay wax u karisaa reerka oo dhan.

Dahabo waxay isku dayi jirtay inay raadiso dad Yurub ka yimi si ay u weydiiso wiilkeedii Guuleed. Dadka ka yimaadda Yurub waxay ahaayeen dad cabsada oo aan jeclayn in la ogaado inay joogaan magaalada. Waxaa qurbaha laga aaminsanaa in qofka waddanka ku noqda ay dhici karto in la qafaasho oo markaas lacag lagu furto. Labo goor ayay heshay dad ka yimi Yurub oo ay u sheegtay magaca, qabiilka, iyo tilmaamo kale oo lagu garto Guuleed.

Wiil ayaa mar dambe u soo diray teleefan oo u sheegay inuu soo helay wiilkeedii oo uu joogo Denmark. Wuxuu u sheegay inuu muddo ku noolaa Jarmalka oo uu gabar caddaan ah guursaday, laakiin aanu hadda reer lahayn oo keligiis nool yahay. Wiilka farriinta ka qaaday Dahabo waxay ku qaadatay waqti dheer inuu helo Guuleed. Ugu dambayn isaga ayaa aaday magaaladii loogu sheegay oo soo arkay. Dahabo waxay wiilka sheekadiisa ka fahamtay in Guuleed ka dhex baxsan yahay Soomaalida, oo aanu iman meelaha ay isugu yimaaddaan, aanuna lahayn saaxiibbo ay joogto u wada xiriiraan.

Dahabo waxay weydiisay wiilka sida muuqaalka Guuleed ahaa ama caafimaadkiisu u muuqday. Wuxuu u sheegay inaanu ku arkin wax caafimaad xumo muujinaya, laakiin uu u ekaa qof aad mooddo in maalmaha iyo biluhu isaga darsameen oo aan waqtiga soconayaa micne la lahayn.

9

Xaawo iyo Maxamuud iyagu waxay muddo ka war sugeen qaraabadii ay magaalada ku lahaayeen, laakiin markii ay sii joogi waayeen xaafaddoodii, oo dagaalkii soo gaaray, ayay u guureen xaafad kale oo ka nabad fiicnayd tooda. Dadkii xaafadda, sidaasoo kale, ayaa iyagoon wada tashan, reerba meel u guureen. Muddo sannado ah, ayaa marba meeshii nabad laga helayo loo guurayay. Colaaddu sida jirjirroolaha ayay maalin walba midab cusub yeelataa. Labo kooxood oo wada socday ayaa hub culus ku dagaallama, kuwo shalay col ahaa ayaa isku dhinac ka noqda midabka cusub ee dagaalku yeeshay. Burburka dhismayaasha iyo muuqaal xumada waddooyinka waxaa dareemi jiray oo keliya qofka dhul kale ka yimaadda. Dhawr sano ayaa hadda sidaas lagu jiraa, oo waxaa lala qabsaday nolol cusub oo colaaddu samaysay.

Maxamuud ma hayn shaqo toos ah oo uu reerka ka masruufo. Wuxuu ku qasbanaa inuu subax walba iska aado suuqa weyn si uu shaqo, deyn, ama deeq uga soo helo asxaabtiisii hore. Qaraabo dibedda ku maqnayd ayaa iyaguna marmar wax soo diri jiray, laakiin ma ahayn wax si joogto ah u haqabtiri karay baahida reerka.

Wuxuu Maxamuud si fiican ugu fiirsan jiray isbeddelka ku dhacay bulshada, wuxuuna isku dayi jiray inuu qoraallo ka sameeyo. Waxyaabaha uu aadka uga yaabi jiray waxaa ka mid ahaa: in dadku wixii qurxoon ay ulakac u foolxumaynayeen. Guryaha qaar ayaa daaqadaha laga jebinayay, oo maryo ama kartoomo lagu xirayay, si aan tuugadu u moodin in dad lacag leh deggan yihiin. Baabuurta cusub ayaa ceeb loo yeelayay si aan iyagana loo dhicin.

Wuxuu soo xusuustay sheeko loo sheegay mar uu arday ka ahaa Hindiya. Waxaa la yiri: nin shiikh ah oo Hindiya caan ka ahaa ayaa soo maray reer meel deggan. Shiikhu wuxuu ahaa nin la barakaysto oo hadalkiisa iyo wixii uu dalbado loo hoggaansamo. Shiikhii wuxuu reerkii ku arkay gabar qurxoon. Wuxuu yiri markaan soo noqdo gabadhaas waan guursanayaa ee ii sii diyaariya. Aabbaheed oo aan niyadda ka jeclayn inuu gabadha shiikha siiyo, ayaa gabadhii u keenay iniinyo geed ka baxa kaymaha Hindiya oo caloosha aad u socodsiiya. Gabadhii maalmo ayay cuntadii jirkeeda gali wayday oo midabkeedii isbeddelay. Markii shiikhii soo noqday oo uu arkay gabadhii oo noqotay lafo maqaar la huwiyay wuu ka tagay. Gabadhii markaas ayaa laga joojiyay iniinyihii oo jirkeedii dib u soo noqday.

Maxamuud wuxuu arrinkaas u arkayay inuu tusaale u yahay heerka burburka bulshadu gaaray. Wuxuu is-oran jiray dadka miyirka qabaa noloshooda waa qurxiyaan. Hal qof oo waasha waa la arki karaa, laakiin marka waallidu bulshada oo dhan ka dhex noqoto wax caadi ah oo aan lala yaabayn, qof baabuurkiisii cusbaa jajabinaya, waa heer ay adag tahay in taariikhda looga helo tusaale.

Waxaa fekerkiisa ku soo maaxan jiray fikrado uu ku micnaynayo natiijada ka dhalatay colaaddii qabiilka. Wuxuu arkayay in foolxumadu beddeshay askartii iyo booliiskii nabadda sugi jiray. Haddii askartu tuugada celin jirtay waagii dawladnimada, hadda foolxumada ayaa tuugada celisa. Wuxuu is-oran jiray quruxda iyo dawladnimadu waa wada socdaan.

Maxamuud oo maalin meel suuq ah maraya ayaa maqlay dhawaaq.

"Adeer... Adeer Maxamuud!"

Waxaa meel fog ka soo ordaya wiil dhallinyaro ah oo dhar qurxoon xiran. Markuu soo dhowaaday ayuu wiilkii oo wejigiisa farxad ka muuqato salaan u soo taagay Maxamuud. Maxamuud weli ma garan wiilka.

"Adeer Maxamuud ma i garatay?"

"Maya, Adeer."

"Adeer waa Cabdalle. Xaggee u qaxdeen? Adeer ciyaalkii iyo eeddo Xaawo ka warran?"

"Adeer waa nabad qabaan meel dhow ayay deggan yihiin. Reerkii ka warran? Aabbe Coonka sidee yahay?"

"Adeer aabbe Ilaahay ha u naxariisto. Labo sano hadda waa mootan yahay. Reer aan deris ahayn oo tuugo u soo dhacday ayuu isyiri soo caawi marka tuugadii ayaa xabbad ku dhufatay."

"Innaa lillaahi…! Adeer ma maqlin geerida aabbe, haddaa iigu horraysa."

"Adeer dhib ma laha reerka intii kale waxaan deggan nahay xaafad dhinaca galbeedka magaalada ah oo waa fiican yihiin."

"Adeer kaalay maanta nala qadee. Xaawo iyo ciyaalku waa ku farxayaan aragtidaada."

Gurigii markii la tagay ilmihii ayaa markiiba gartay Cabdalle oo ku soo booday salaan iyo laabqaad. Sannadihii la kala maqnaa iyo dhacdooyinkii ayaa la isdhaafsaday. Cabdalle hay'adda uu u shaqeeyo, wuxuu hadda ka yahay madaxa shaqaalaha. Noloshiisa iyo tan walaalihiis iyo hooyadiis si wanaagsan ayuu wax uga beddelay. Deriska cusub ee ay yeesheenna wixii ay ku taageeri karaan kama illaawaan.

Waxaa weli adkaa in si sahlan loogu kala safro dhinacyada magaalada, laakiin dhawr goor ayaa labadii reer isu tageen, oo carruurtii ayaa marba dhawr habeen guri u wada hoyday si ay u kala sheeko bogtaan. Waxay wadaageen sheekooyin farxad iyo murugaba leh, oo dib u xusuusiyay waqtigii ka horreeyay colaadda iyo sida colaaddu u beddeshay noloshaas.

Dhawr bilood ka dib ayaa Cabdalle soo doonay gabadhii curadda u ahayd Maxamuud oo la oran jiray Sahro. Cabdalle wuxuu ahaa qof aad looga jecel yahay xaafadda uu degganaa iyo hay'adda uu ka shaqaynayay labadaba. Wuxuu ahaa masuul aqoon fiican, oo si buuxda ugu hadla Ingiriiska iyo Carabiga, si wanaagsanna u maamuli kara shaqaale boqollaal gaaraya. Waa qof dulqaad badan oo si sahlan u maarayn kara culayska shaqada iyo kan ka imanayay xaaladda magalaada oo aan degganayn.

In muddo ah lama oggolayn in dib loo dego xaafaddii ay dagaallada ka hor ku noolaayeen Faadumo iyo Xaawo. Waxay ahayd meel mar walba dagaallo ka dhacaan oo kooxo ciidamo ah xero u ahayd. Markii dambena maamulladii magaalada ka samaysmay, ayaa ka dhigtay meel nabadgalyada muhiim u ah oo si ku meel gaar ah u joojiyay in lagu soo noqdo. Marka waxaa dadku weli ku jiraan meelihii ay ku qaxeen waqtigii dagaallada.

Arooskii waxaa isugu yimi dad aad u badan. Guriga Maxamuud ma qaadi karin dadka, marka waxaa la furay dhawr guri oo deris ahaa oo maalintii iyo habeenka intiisii hore la joogay.

Waqti yar ka dib labadii reer waxay u wada guureen meel isu dhow oo Cabdalle ka iibsaday guri kana kireeyay labo guri oo u dhow oo labada reer soo degaan.

Habeen ka hor aqalgalkii, ayaa Xaawo soo kaxaysay gabadheedii Sahro. Waxay geysay gurigii reerka arooska ah degi laahaayeen. Wuxuu ahaa guri dhisme qurxoon oo alaabtii loo dhammaystiray. Sahro markay furihii ka soo saartay boorsadeedii oo damacday in ay guriga furto ayaa hooyadeed gacanta qabatay.

"Maxaa dhacay, Hooyo?"

"Hooyo, irriddaan maxaa loo sameeyay?"

"Yaah? Maxaa jira, Hooyo?"

"Irridda maxaa loo sameeyay, Hooyo?"

"Ee Hooyo maxaa jira? Irridda gurigaa laga galaa waxaana laga xirtaa tuugada iyo dadka aan la rabin inay soo galaan."

"Maya, Hooyo. Waxa irriddaha lagu celiyo waxaa ugu muhiimsan hadalka. Waxa gurigiinna gudihiisa lagaga hadlo yaanu irriddaas soo dhaafin. Hadal aan habboonayn oo dibedda ka yimina yaanu irriddaas ka soo galin. Hooyo, tuugadu waxay qaataan waa laga soo kabtaa, laakiin hadal guri ka baxay waa adag tahay in laga soo kabto. Hadalku reer dhisan ayuu burburiyaa. Guriga iyo alaabta taal horaan u arkay ee nagu celi gurigeennii marka, Hooyo."

Sahro cabbaar ayay furihii gacanta ku haysay sidii iyadoo rabta inay guriga furto, laakiin fekerkeedu meel fog ayuu ku maqnaa. Way aamusnayd, oo hadalka hooyadeed iyo habka ay wax ugu sheegtay ayaa si aad u qabow ugu daadegayay maskaxdeeda.

Aamuskaas ayay gurigii ugu soo noqdeen.

10

Faadumo waxay muddo rejaynaysay in wiilkeeda Fu'aad helo shaqo fiican oo waxbarashadiisa la xiriirta, si ilmaha kale ugu daydaan markay dhammeeyaan waxbarashadooda. Waxaa loo sheegay inuu jiro xafiis dhallinyaro Soomaali ah leeyihiin oo dadka ka talo siiya shaqooyinka iyo waxbarashada. Taleefan ayay kula hadashay si ay ballan ugu qabato Fu'aad.

Waxaa Fu'aad la tusay sida loo qorto sooyaalka waxbarasho iyo shaqo, sida loo baaro baraha internetka ee lagu xayaysiiyo shaqooyinka, sida loola xiriiro ama loogu jawaab celiyo hay'adaha wax shaqaalaysiiya. Waxaa kaloo la siiyay casharro ku saabsan sida waraysiga shaqooyinka ama *interfiyuuga* looga gudbo.

Talooyinkii uu helay ayuu Fu'aad ku hawlgalay.

Labo bilood ka dib waxaa la soo xiriirtay shirkad ku taal Dubay oo hanti u maamusha dad iyo hay'ado maalgashadayaal ah. Waxaa lala yeeshay waraysi soconayay ilaa saacad, oo aqoontiisa iyo dabeecaddiisa shakhsiga ah lagu ogaanayay. Maalmo ka dib ayaa la soo ogeysiiyay in uu ku guulaystay shaqadii oo loo soo dirayo dal-ku-gal uu ku yimaaddo Dubay.

Reerka oo dhan ayaa ku farxay guusha Fu'aad, waxaana la bilaabay in laga caawiyo wixii uu safarka uga baahan yahay. Deriskii iyo Soomaalidii xaafadda ayaa iyaguna bogaadin iyo salaan reerka ugu iman jiray. Intaanu bixin, wuxuu go'aansaday inuu sii sagootiyo dhawr saaxiib oo dhow iyo dhallinyaradii siisay talooyinka uu shaqada ku helay. Qado fiican ayuu maalin Sabti ah ku sameeyay guriga oo ilaa lix dhallinyaro ah isugu yimaaddeen.

Faadumo waxay ka garatay dhallinyaradii wiilkii markay waddanka ka soo baxaysay ay ku aragtay baabuurka dushiisa ee watay buugaagta.

"Eeddo, haye, ma i garatay?"

"Eeddo maya."

"Inaan mar baabuur dushii isku aragnay markaan waddanka ka soo baxayay ayaan u malaynayaa."

"Wallaahi Eeddo baabuur badan ayaan raacaye maxaan ka garanayaa."

"Waxaad igu tiri waxaad dhiganaysay sannadkii labaad ee jaamacadda injineernimada markii dagaalladu dhaceen oo waxaad markaas u socotay Itoobiya."

"Haa, Eeddo, sannad ayaan joogay Itoobiya markaasaan halkaan imi."

"Maasha Allah, Eeddo. Tacliintaadii ma sii wadatay?"

"Eeddo wallaahi qof waxaan ahaa aan wax caddayn ah wadan, marka waxaan soo bilaabay luqadda Ingiriiska iyo labo sano oo waxbarasho hoose ah. Wixii aan Soomaaliya ku baran jiray waa ka leexday oo maamulka ayaan shahaado jaamacadeed ku qaatay."

"Eeddo inaad waxbarashadaadii dib u bilowday ayaan ahayn wax sahlan. Magacaagu muxuu ahaa, Eeddo?"

"Sabriye, Eeddo."

Sabriye wuxuu ka sheekeeyay sida ay u adkayd inuu isku wado shaqo iyo waxbarasho, gaar ahaan, sannadihiisii ugu horreeyay. Wuxuu shaqayn jiray habeenkii maalintiina wuxuu aadi jiray waxbarashadiisa ilaa uu ka dhameeyay. Wuxuu muddo degganaa magaalo aan Soomaalidu ku badnayn oo uu ugu qasbanaa inuu ku dhammaysto waxbarashadiisa. Wuxuu gebi ahaanba ka go'ay inuu la socdo xaaladihii waddanka iyo colaadihii socday. Dhawrkii biloodba maalin Sabti ah ayuu iman jiray Minasoota, oo wixii uu dukaamada Soomaalida uga baahan yahay, sida macawisaha, sii iibsan jiray. Maalmahaas wuxuu kaloo salaami jiray dhallinyaro ay asxaab ahaayeen iyo wixii uu ka gaaro qaraabada magaalada deggan.

Saaxiibbadiis ayaa geyn jiray makhaayad *Starbucks*

la yiraahdo oo lagu sheekaysto. Waxaa fariista dad kala taageera kooxaha ku dagaallamaya waddankii. Reer walba waxay lahaayeen nin u qaabilsan inuu soo uruuriyo wararka dagaalka, inuu uruuriyo qaaraanka oo u gudbiyo ciidammadii reerka, iyo inuu makhaayadaha marka la wada hadlayo reerka hadal ku difaaco.

Ninka maalintaas reerkiisu adkaadaan, waxaa caado u ahayd in aanu makhaayadda waqti hore iman. Wuxuu jeclaa inuu si xarrago leh u soo galo makhaayadda iyadoo la wada fadhiyo, oo markaas istaago meel irridda agteeda ah, oo isha la raaco dadka fadhiya si kuwii uu ka adkaaday indhaha hoos ugu dhigtaan raggiisuna farxad ugu soo wada eegaan.

Daqiiqaddaas si uu u gaaro, wuxuu ka shaqayn jiray dhawr bilood ama sannado uu abaabul culus ku jiro, si ciidanka waddankii uga dagaallamayaa u qabsadaan magaalo mihiim u ah. Wuxuu kharash badan ku bixin jiray taleefan iyo safarro uu marmarka qaar ku tago gobollo ama waddammo fog. Wuxuu qaban jiray shirar uu ku uruurinayo qaaraan. Wuxuu mar walba iman jiray makhaayadaha laga doodo si uu ugu jawaabo qolayaha ay is-hayaan.

Sabriye waqti iyo xiise uma hayo sheekooyinka makhaayadda, laakiin wuxuu ka dhigtaa xusuus uu dhawrka bilood ee uu waxbarashada ku maqan yahay isku sii maaweeliyo. Wuxuu in badan isweydiin jiray meesha dagaalladu ka socdaan iyo mashiinka socodsiiya dagaalkuba inuu qurbaha yahay, iyo in dadka dhulkii joogaa is-hayaan.

"Dadka dhulkii jooga geerida iyo baaba'u waa xaqiiqo ay ku nool yihiin. Kuwa qurbaha joogana waa u madaddaalo. Siday qurbajoogtu kooxaha kubbadda u kala taageeraan ayay u kala taageeraan kooxaha dhulkii ku dagaallamaya." Ayuu ku sheekaysan jiray.

"Hadday si wada jir ah ula hadli lahaayeen dhawrka nin ee wiilasha dagaalka galiya, waxaa laga yaabi lahaa in colaaddu joogsan lahayd oo dhulka la wadaagi lahaa."

Magaalo walba oo Soomaalidii soo qaxday ku ururtay, waxaa jira dhawr qof oo shaqo ka dhigtay soo gudbinta wararka dagaallada iyo isbeddellada siyaasadeed ee ka socda dhulkii. Markay wada fadhiyaan makhaayadaha *Starbucks* uma eka in colaadi ka dhexeyso, oo si kaftan ah ayay hadalka u wadaagaan.

Maalin uu Sabriye fadhiyay makhaayad *Starbucks* ah ayaa la tusay nin la yiraahdo Shiine, oo gacanta ay kaga duuban tahay faashadda jabniinka. Waxaa loo sheegay in waqti toddobaad ka hor ah, uu ninkaasu makhaayadda kula dagaallamay nin kale oo sidaas dhaawacu ku soo gaaray. Waxay labadii nin iskula dhaceen gidaarka makhaayadda oo muraayad ka samaysnaa waana jabiyeen, waxaana lagu ganaaxay inay bixiyaan lacagtii lagu samayn lahaa.

Dagaalku wuxuu ka bilowday markii ninka kale sheegay in kornayl Guuraleged aanu lahayn aqoon maamul oo aanu ku habboonayn hoggaaminta.

Shiine oo ay isku reer yihiin Guuraleged ayaa markaas dagaalka bilaabay.

Shiine waa dhawr-iyo-soddon-jir ku dhashay magaalo ka fog degaanka qabiilkiisa. Intii waddanku nabadda ahaa aqoon fiican uma lahayn qabiilkiisa weligiisna qof uu la saaxiibay, ma weydiin qabiilka uu yahay.

Intaanu iman Maraykanka wuxuu degganaa guri reerkiisu ku tashan jireen oo ku yaallay magaalada Baallagudub. Wuxuu degganaa xaafad ay reerkiisu u badnaayeen, oo wuxuu si fiican isugu dayi jiray inuu kala barto magacyada qabaa'ilka dagaallamaya iyo saraakiisha hoggaaminaysa. Waxaan xusuustiisa ka go'in dhawr maalmood oo uu arkay dumar barooranaya oo suuqa magaalada ku urursan. Wuxuu tagi jiray meelaha raggu ku tashadaan ee hawlaha dagaalka laga abaabulo.

Maadaama uu ku hadlo lahjad xoogaa ka duwan tan reerkiisa, waxaa dhawr jeer laga shakiyay inuu yahay jaajuus. Si fiican uma aqoon sida la isugu xejiyo abtirsiimaha iyo qaybaha uu ka sheegto reerkiisa, oo taasina waxay sii abuuri jirtay shaki cusub. Wuxuu markii dambe sii raaci jiray wiilal abtirsiimihiisa yaqaan oo ay ilmaadeer yihiin. Inuu hadlo oo hawlaha abaabulka wax ku darsado wuu jeclaa, in kastoo lagu qosli jiray marka uu magacyada qabaa'ilka sheegayo. Xaafaddu ma lahayn koronto laakiin nin la yiraahdo Guuraleged oo ahaa sarkaal ka tirsanaa Ciidankii Xoogga, ayaa keenay matoor uu ka soo qaatay xeradii uu madaxda ka ahaa.

Dadka ayuu u shidi jiray matoorkaas oo lacag kaga qaadan jiray.

Shiine ma aqoon magaca Guuraleged laakiin wuxuu u yaqaannay *'adeerkii matoorka shidi jiray.'* Guuraleged wuxuu ahaa nin mar walba ku dhaarta in haddii talada reerka isaga looga dambeeyo, ay ballan tahay inay magaalada iyagu la wareegi doonaan.

11

Waqtigii dagaallada waxaa magaalada Baallagudub u qaxay dad badan oo meelo kala duwan oo waddanka ah ka yimi. Waxay ahayd meel inta badan barwaaqo ah oo laga helo caano. Dadkii carruuraha lahaa ayaa si gaar ugu qaxay. Ma jirin maamul hagaagsan oo ka taliya magaalada, laakiin mar walba kooxda xoogga ku qabsata ayaa loo hoggaansami jiray. Suuqa magaalada waxaa inta badan wax ku iibiya dumar, waayo raggu ma fariisan jirin meel gaar ah iyagoo ka baqaya in meeshaas loogu soo hagaago oo aano loo dilo. Waxaa dhacaysay in labo kooxood magaalada meel ka mid ah isku maandhaafaan, oo markaa qolada wax laga dilo waxay toos u beegsan jireen meel ay ku og yihiin kooxda wax ka dhishay dad ay isku qabiil yihiin ama makhaayad ay fariistaan markaasay ka aargoosan jireen.

Magaalada xukunkeeda waxaa isu bedbeddela labo kornayl oo marba mid hub ka soo qaato Itoobiya oo xoog ku soo galo magaalada. Mid waa Guuraleged kan kalena waxaa la yiraahdaa Hurgufe. Dadka magaalada ku nool waxay u badan yihiin labada reer ee labadaas kornayl.

Dumarka suuqa wax ku iibiya waxaa ka mid ahaa Sakiyo oo ahayd xaaskii Kalafoge iyo Mako oo uu qabay Aamusane. Kalafoge mar hore ayuu dhintay, saaxiibkiis Aamusanena wuxuu la shaqeeyaa mid ka mid ah labada kornayl ee magaalada isu beddela oo ay qaraabo yihiin.

Labada kornayl mid walba wuu og yahay in waqti walba laga saari karo magaalada, marka iskuma mashquuliyo inuu bilaabo hawlo sannad ka badan qaadanaya. Wax horumarin ah kuma fekeri karin oo ma doonayn in wixii uu dhisay kii kale hadhow ku raaxaysto. Hawsha ugu weyn ee ay qaban jireen waxay ahayd inay dadka cashuur ka qaadaan, inay ciidamadooda intaan meesha laga saarin wixii ay heli karaan u fasaxaan inay gurtaan, iyo inay iska ilaaliyaan kornaylkii Itoobiya ku maqnaa. Intaas waxaa dhinac socday inay qurbajoogta qabiilkooda qaaraan weydiistaan, iyo inay idaacadaha ka hadlaan oo inay Soomaalinnimada u taagan yihiin sheegaan.

Sakiyo waxay korsataa afar carruur ah oo agoon ah. Mako iyadana carruurteedu waa shan. Waxay iibiyaan qudaarta oo subaxa hore ayay tagaan meel magaalada bannaankeeda ah oo beeraleydu isugu keento wixii ay soo gooyeen oo jumlo ahaan u iibiyaan. Maalinba mid ka mid ah labada dumarka ah ayaa soo iibisa qudaarta jumlada ah. Waxay fariistaan isku meel oo labo jawaan ayaa dhulka u goglan, kuwaasoo ay ku goobagoobeeyaan qudaarta.

Hadda waxaa magaalada haysta Guraaleged oo sannad iyo bar ka hor hub iyo rasaas Itoobiya kala yimi. Laakiin waxaa maalmahaan idaacadaha ku badnaa in Hurgufe soo xoogaysanayo oo laga cabsi qabo inuu soo weeraro Baallagudub.

Guuraleged wuxuu maalin dhoweyd safar ku aaday Maraykanka si uu taageerayaashiisa, oo fiisaha u soo diray, uga soo qaato qaaraan, dawladda Maraykankana uga dhaadhiciyo inuu danahooda ka shaqeeyo.

Waqti subax hore ah oo dabaylo iyo baraf xoog leh dhacayaan ayuu ka soo degay garoonka Miniyaabolis (Minneapolis–Saint Paul International Airport). Dadkii soo dhoweyn lahaa ma soo gaari karin waqtiga uu soo degayay, laakiin waxaa habeenbarkii garoonka sii aaday Shiine iyo labo dumar ah oo uu sii kaxeeyay. Wuxuu sitay sawir Guuraleged leeyahay oo aad u weyn oo maro qurxoon lagu naqshadeeyay. Markii diyaaraddii soo dhoweyd ayaa labadii dumarka ahaa baabuurka dhexdiisa ku gam'een. Shiine keliya ayaa ka hor tagay Guuraleged markuu soo baxay.

Intuu ku orday ayuu kor u xambaaray, "Adeer soo dhowoow...,"

"Dadkii maxaa ku dhacay?"

"Adeer xoogaa qabow ayaa jira laakiin waa soo

socdaan.”

Shiine ayaa bilaabay inuu isbaro Guuraleged.

“Adeer, aniga waxaan ahay Shiine Xasan Laamayeeri. In badan inaad i maqashay ayaan u malaynayaa.”

“Adeer, wallaahi kuma maqlin laakiin waa dhowahay waana isbaran doonnaa.”

“Aabbahay waa Xasan Laamayeeri, oday garaash lahaan jiray oo dadka dhan baabuurta u samayn jiray.”

“Wallaahi adeer ma xusuusto..., dhawr Xasan ayaa reerku lahaa.”

“Maya..., waaba la yaqaannay oo waxaan laga waayi jirin makhaayaddii Adeer Jaamac..., yaah.”

Guuraleged oo xoogaa daal ka muuqdo oo kursi ku sii fariisanaya ayaa yiri:

“Adeer barasho wanaagsan.”

Ilaa soddon daqiiqo ka dib ayaa dad badan yimaaddeen oo qaarkood ay isyaqaanneen Guuraleged. Waxaa labo habeen loo kireeyay meel lagu qabsado xafladaha oo uu ka sheekeeyay xorriyaddii Soomaaliya iyo cadaawadda Itoobiya. Wuxuu Soomaalidii meesha isugu timi u sheegay inuu u dagaallamo soo celinta sharaftii Soomaaliyeed. Kooxda maamulaysay xafladda waxay ahaayeen wiilal reerkiisa ah, mana oggolayn inay makarafoonka siiyaan qof ay isleeyihiin wuxuu abuuri karaa xiisad ama su’aalo adag ayuu keeni karaa.

Lix maalmood ayuu joogay Maraykanka. Wiilashii

soo dhoweeyay ayaa soo sawiray Guuraleged oo la taagan labo nin oo cadcad oo ay sheegeen inay yihiin madax Maraykan ah. Sawirrada waxaa lagu soo daabacay bar internetka ay ku leeyihiin oo la yiraahdo Baallagudub.com.

Waxay cinwaan uga dhigeen:

Hoggaamiye Guuraleged oo Madaxda Maraykanka kala Hadlay Arrimaha Argagixisada iyo Horumarinta Soomaaliya.

Maalmo ka dib ayaa qolyaha kornayl Hurgufe u jooga Miniyaabolis, oo iyaguna qora bar kale oo la yiraahdo Allbaallagudub.com, sheegeen in nimanka cadcad ay yihiin niman ka shaqeeya dukaan alaabta guryaha lagu gado oo ku yaal Miniyaabolis. Si ay taas u caddeeyaan, waxay isla soo sawireen isla labadii nin oo xiran dharkii lagu yaqaannay shaqaalaha dukaanka.

Mako iyo Sakiyo waqti uma helaan inay dhegaystaan idaacadaha ama wax ka akhriyaan mareegaha internetka ee Soomaalida, si ay ula socdaan xaaladda magaalada iyo wararka labada kornayl.

Laakiin maalmahan Mako ayaa aad welwel gaar u hayaa, waxayna ka sheekaysaa cadaawadda Itoobiya u hayso Soomaalida.

"Ilaa Axmed Gurey waa nimankii Soomaali nacayb iyo colaad nagu hayay."

Wiilal meel hortooda ah ku haysta dukaan ayay

mako weydiisaa xaaladda wararka. Maalmahan warar dareen leh ayaa lagu soo qoraa mareegaha Soomaalida. Wararkaas waxaa ka mid ahaa:

Kornayl Guuraleged oo wacad ku maray inuu cadawga soojireenka ah ee Itoobiya iyo dadka u adeega iska difaaci doono.

Ciidamo aad u hubaysan oo ka amar qaata kornayl Hurgufe oo ku soo fool leh Baallagudub.

Lix gaari oo sida hub iyo saanad loo malaynayo inuu leeyahay Hurgufe oo xalay ka soo gudbay xuduudka Itoobiya.

Sakiyo iyadu aad ugama sheekayso siyaasadda, oo waqtigeeda intiisa badan waxay ku bixisaa inay wada iibiso qudaartii ay jumlada ku soo gadatay. Macaamiisheedu ma badna oo maalmaha intooda badan waxay qudaarta ku wareejisaa makhaayado iyo guryo ay leeyihiin dad ay qaraabo yihiin, waayo dadka suuqu aad wax ugama iibsadaan.

Saaka waxaa idaacad ka shidan tahay dukaan u dhow meesha ay fariistaan Mako iyo Sakiyo. Waxaa ka hadlaya kornayl Guuraleged oo ka sheekaynaya difaaca magaalada iyo in dhaqanka Soomaalidu weligiis ahaa in la iskala weynaado Xabashida.

Sakiyo hadalkaas xoogaa yaab ayuu ku riday:

"Walaaleey ninkaan sow maahayn kii sannad ka hor Itoobiya ku maqnaa oo hubka badan ka soo qaatay, goormuu waddaniga noqday?"

Mako ma jecla in sidaas loola hadlo.

"Walaal Sakiyo afkii Hurgufe ha igula hadlin! Guuraleged hadduu hub soo qaatay yuu dhib u geystay, sow idinkaas sida xorta ah suuqa uga ganacsanaya. Itoobiya haddii maslaxad loo tago oo wax lagu hagaajinayo iyo haddii qax iyo dhib la abuurayo isku mid maaha. In wax la isku qaldo maaha."

Galab ayaa waxaa meel magaalada bannaankeeda ah laga maqlay daryan iyo rasaas goosgoos ah oo hadba soo xoogaysanayay. Dadku shanqarta xabbadaha aad ayay u barteen oo waxaa markiiba la garanayay noocyada hubka, dhinaca ay ka dhacayaan, iyo masaafada ay jiraan.

Waxaa caddaatay in ciidammadii Hurgufe soo galeen magaalada. Ilaa habeenkii xabbaddu waa dhacaysay waxayna abuurtay qax dhinac walba looga cararay magaalada. Waqti dambe oo habeenkii ah ayaa xabbaddii joogsatay. Waxaa soo haray shanqar xabbad keliyaale ah oo hadba magaalada ka sii fogaanaysay.

Mako labo maalmood kama soo bixin gurigii oo ma iman suuqii. Maalintii saddexaad ayay iyadoo taxaddar qabta soo baxday. Magaalada waxaa meel walba maraya ciidammo aanay horay u aqoon. Way ogayd in ninkeedii Aamusane uu u sheegay inuu raaci doono Guuraleged haddii magaalada laga saaro.

Waxay timi suuqii. Ugu horrayn waxay ka yaabtay in meeshii ay fariisan jirtay ay ka wayday jawaannadeedii. Meeshii waxaa gogladay dad kale. Cabbaar markii ay wareegaysay ayay suuqa meesha ugu horraysa uguna fiican ka aragtay saaxiibteed Sakiyo oo kursi ku fadhida dhawr jawaan oo ay ku jiraan kuweediina isku dhegsatay oo aad wax looga iibsanayo. Waxaa la shaqaynayay labo wiil oo hawsha culayskeeda ka fududaynayay. Way ku faraxday in saaxiibteed meel fiican u qabatay.

"Sakiyo walaal, maasha Allaah, si fiican ayaad yeeshay haddaad jawaannadii noo soo qaadday oo meeshan fiican noo keentay."

"Yaa...! Oo ma joogtay...? Wallaahi waxaan u haystay inaad dadkii qaxayay raacday... In yar i sug walaal anaa meel kuu raadinayee."

"Xaggee ii raadinaysaa? Soo jawaannadaydii maaha kuwa aad ku fadhido?"

"Maya walaaleey wallaahi meel aan macaamiishii kala geeyo ayaan la'ahay adigana ilaa dorraad wax i kaa weydiiya xataa ma arkin... Jawaannadu iguma filna laakiin waxba isla waayi mayno ee in yar i sug."

Mako way iska dhaqaaqday. Waxay abbaartay gurigeedii. Dariiqa intay maraysay ciil iyo qaadanwaa ayaa hayay. Si hoose ayay isula hadlaysay.

"Yaa...! Maxaa ku kallifay qoftii aan intaas saaxiibka ahayn inay iga qaadato ganacsigaygii? Sow ma oga inaan carruur yaryar korsado? Magaalada ma Guuraleged iyo Hurgufaa isku hayay mise aniga iyo Sakiyo? Ma kursiga xukunkaa la isku haystay mise jawaannada suuqa?"

Gurigii ayay tagtay iyadoo weli ciil xooggani

ka muuqdo. Koob biyo ah ayay cabtay oo xoogaa dhididkii ka degay. Waxay dib ugu noqotay muuqaalladii suuqa iyo hadalladii Sakiyo. Markii xanaaqii ka qaboobay, ayay dib u xusuusatay inay iyaduba markii Guuraleged magaalada ka talinayay dadka kale ka jawaanno iyo macaamiil badnayd.

Waxay istiri haddii labada kornayl keligood is-hayn lahaayeen, magaalada hadba kii laga adkaado iyo ciidankiisa ayaa ka bixi lahaa. Laakiin shacabkii ayaa wada kornayllo ah. Hadba kornaylka magaalada haysta dadkiisa ayaa magaalada kornayllo ka noqda. Iyagaa iskuullada maamula. Iyagaa suuqa wax ku iibsada. Iyagaa xataa masaajidda ka addima.

"Soomaaliyeey kornaylla badan." Ayay dhawr jeer ku celcelisay.

Waxay nafteeda ugu sheekeynaysay inay iyaduba ahayd kornaylad xilligii Guuraleged, maantana ay Sakiyo noqotay Kornayladda suuqa.

Marka koox ciidan ah magaalada la wareegto, dadka kooxdaas ku qabiilka ah ayaa guushaas sarrifan jiray. Qaar waxay ku beddelan jireen lacag iyo fursado ganacsi, qaar waxay ku doonan jireen magac iyo martabad siyaasadeed. Qurbajoogtuna waxay ku guulaysan jireen murankii ka socday makhaayadaha, oo dhawr maalmood waxaa la waayi jiray qoladii magaalada laga saaray, oo ku maqnaan jiray inay doondoonaan warar ay cudurdaar ugu sameeyaan ciidankooda laga saaray magaalada.

Cudurdaarka waxa u badnaa in ciidankoodu u baqeen shacabka oo naxariis darteed uga baxeen magaalada; in koox iyaga ka mid ah Itoobiya lacag siisay oo dhinacoodii dagaalka ka baxeen; in aanay ka bixin magaalada ee xeelad dagaal ay maaggan yihiin, oo maalmaha soo socda laga war sugo. Markay kuwaasu magaalada ku soo noqdaan ayaa qoladii kale isla cudurdaarradaas soo qaadan jireen.

Waa maalintii shanaad inta Hurgufe ka talinayo magaalada. Waxaa weli jira cabsi oo ciidammadii Guuraleged, inkastoo dhaawac culus la gaarsiiyay oo ay dhul fog joogaan, haddana inay hal habeen masaafo dheer soo gooyaan oo magaalada ku soo waaberiistaan ayaa laga cabsi qabaa. Qurbajoog badan ayaa ilaa shalay diyaarado ku imanayay, qaarna xuduudaha waddammada deriska ah ayay ka soo gudbeen, si ay ganacsiga iyo maamulka reerkii Guuraleged haysan jireen ula wareegaan.

Sakiyo waxay alaabtii u raratay bakhaar weyn oo laamiga suuqa saaran, waayo jawaannadii waa ku fillaan waayeen. Inta badan ma joogin suuqa maalmahan, oo soo dhoweynta wafdiyada iyo casuumaadaha ayay ka shaqaynaysay. Meel laga dirsado taleefannada ayay galabtii tagtaa oo dhawr waddan qaraabada joogta ayay warbixin siisaa. Waxay weliba xoogga saartaa inay beeniso wararka BBC-du sheegto, oo reerku in muddo ahba waxay ku sheekaysanayeen in BBC-da iyo Ingiriiskuba la jiraan Guuraleged iyo reerkiisa.

Maanta waxay qaadday jawaanno ay ku jiraan bariis, sonkor, bur, caag saliid ah, iyo alaab kale oo adeeg ah. Waxay sii kaxaysatay dhallinyaro wadata baabuur gaashaaman oo waxay aadday gurigii Mako. Mako markay aragtay baabuurka ciidanka iyo hubku saaran yihiin waa ka baqday. Laakiin waxaa ka soo degtay saaxiibteed Sakiyo oo weji furnaan iyo farxadi ka muuqato.

"Walaal waa kaa mashquulay ee horta suuqii ma tagtay maalmahan?"

"Maxaan suuqa ka doonaa walaaleey sow annagii is-ogeyn."

"Walaal waataan ku iri meel laguu waayi mayo aniguna saddex maalmood hadda ma tagin suuqii oo war badan ma hayo. Anaa kuu warrami doona walaal ee bal horta alaabtan igala wareeg."

Wiilashii ayaa soo dejiyay alaabtii oo u dhigay meeshii Mako u tilmaantay. Sakiyo baabuurkii ayay degdeg ugu noqotay.

Dhawr maalmood ayay dib isu arkeen Mako iyo Sakiyo oo markii dambe waxay Mako ku noqotay suuqii. Iyada ayaa maamuli jirtay bakhaarkii Sakiyo oo shuraako ayay ku noqdeen. Sakiyo marmar ayay iyadoo baabuur iyo ciidan wadata soo martaa bakhaarka oo xoogaa la fariisataa Mako.

"Anigu waa anigaa markii Hurgufe yimi bakhaarka kuu furaye ma xusuusataa habaaskii aad nagu haysay waagaad meesha haysateen?" Ayay si kaftan ah u tiraahdaa.

Saddex toddobaad iyadoo Hurgufe haysto magaalada, ayaa galab Sakiyo tagtay suuqii. Waxay xoogaa la fariisatay wiilashii dukaanka ku haysan jiray meeshii ay waagii hore fariisan jirtay. Waxay ka sheekaynaysay barwaaqada magaalada taal iyo dhibkii Guuraleged iyo ciidankiisu ku hayeen dadka.

"Annagu, Eeddo, weligeen dadka waa isku wadnaa oo Soomaalida ma kala saarno. SYL haddaad maqasheen, Eeddo, dadka guntiga u xirtay ee xorriyaddaas maanta Soomaali ku taamayso keenay waa annaga."

Wiilashu si waalidnimo leh ayay Sakiyo hadalka uga gurayeen.

"Laakiin, Eeddo, dadku abaal ma laha. Oo waxaas oo wanaag ah nalooma oga."

Sakiyo waxay aad u jeclaysatay meel dukaanka wiilasha hortiisa ku taal oo ubax iyo caws si fiican isugu baxeen.

"Fiiri, Eeddo... bal waagii Guuraleged meeshaas hal geed ah kuma oolli jirin. Isagoo dhan ayaa abaar socota ahaa."

Wiilashii ayaa u sheegay in meeshu weligeed sidaas ahayd.

"Eeddo, sow adigii ubaxaan hortiisa fariisan jiray oo aan maalin mid kaaga soo gooyay oo aad tiri wuu udgoon yahay?" Ayuu ku yiri mid ka mid ah wiilashii.

"Yaa...! Ma ubaxaas qurxoon baa meeshaan ku yaallay?"

"Haa, Eeddo, oo labo bilood ka hor ayaa askartii Guuraleged ee suuqa maamulaysay meesha ku beereen markiina waa soo baxay."

"Oo maxay uga dan lahaayeen beladu? Ma dadkay ku sumaynayeen...? Kolley khayr kama wadin."

12

Dadka ay Sakiyo garoonka diyaaradaha ku soo dhoweysay waxaa ka mid ahaa Cabdi Ciddiyabirre, oo ay saaxiib dhow iyo qaraabo yihiin Hurgufe. Wuxuu Hurgufe u qaabilsanaa qaaraanka iyo abaabulka, oo hal sano iyo bar ayuu si xawli ah u shaqaynayay. Dad badan oo qurbaha jira ayuu isku xiray oo farriimo ayuu u duubi jiray uu ku kicinayo reerka kuna weydiinayo kaalmo.

Markuu ka soo degay garoonka wuxuu toos u abbaaray dhismihii Hurgufe ka degay magaalada. Si wanaagsan ayaa la isu marxabbeeyay. Qosol ayaa meel gaar ah la isula baxay. Sida saynisyahannada NASA markay dayaxa qalab ku dejiyaan ay farxadda u wadaagaan, ayaa cabbaar labadoodii iyo dhawr la joogtay farxad ku baashaaleen. Waxaa la wadaagay sheekooyin iyo sidii qorshihii ay dejiyeen u hirgalay, iyo sida maalmaha soo socdaa u noqon doonaan maalmo ay guul iyo farxado ka buuxaan. Waa guul dhammaadkeedii soo muqdo oo way ogaayeen in aan Guuraleged maqnaan doonin. Isla meesha ay hadda fadhiyaan ayuu sidaas Guuraleged dhawr goor farxad ugu soo dhoweeyay rag ay asxaab iyo qaraabo yihiin.

Habeenkii Ciddiyabirre waxaa la geeyay huteel madaxda la dejiyay. Wuxuu ku arkay wiil uu adeer u yahay oo uu ku ogaa magaalada Melban ee Ustaraaliya.

"Adeer, haye goormaad timi?"

"Adeer, ciidanka ayaan la socday oo saddex bilood ka hor ayaan Adis Ababa ka soo degay."

"Yaa kula socday?"

"Adeer, qofna. Keligay ayaan ahaa."

"Aaway jaamacaddii aad dhiganaysay?"

"Adeer, jaamacad miyaa la joogi karaa markii dadkeenii sidaas loo laynayo. Wallaahi iyadoo imtixaankii lagu jiro ayaan soo dhoofay."

"Yaa ku yiri dad ayaa si loo laayay?"

"Adeer, adigaa soo duubay in dad badan la dilay dumarna la xumeeyay."

"Waryaa! Hadda iska dhig qoriga oo subixii aan is-aragno."

Wiilkii ayaa askartii kale u tagay oo u sheegay inuu xoogaa xanuun dareemayo oo aanu caawa shaqayn karin. Subixii ayuu u yimi adeerkiis oo markaas quraacdii dhammeeyay oo ay la fadhiyaan labo nin oo kale oo qurbaha ka yimi. Ciddiyabirre labadii nin ayuu iska fasaxay oo wiilkii meel gees ah la fariistay.

"Waryaa aabbe ma ku ogaa markaad soo baxaysay?"

"Maya magaalo kale ayaan jaamacadda ka dhiganaayay laakiin markaan Adis Ababa imi ayaan la hadlay."

"Baasaboorkaagii ma haysataa?"

"Haa, Adeer."

"Berri ayaan diyaaradda Nayroobi aadaysa ku saarayaa ee ku noqo jaamacaddaadii. Waqti ayaad iska khasaarisay ee hawlahaan adiga kuuma yaallaane iska bax."

"Adeer, hawl adigu aad ku jirtid oo aad mar walba farriimo noo soo diraysid waa hawl culus oo reerka muhiim u ah."

"Adeer i maqal. Guusha marka la gaaro ninka wiilashiisu u nool yihiin ayaa ku raaxaysta oo ciidan la shaqeeya iyo garab ka dhigta. Haddaad iga dhimato maxaan kaa helayaa adigoo intaas wax lagu soo barayay? Ku noqo meeshaadii oo waagii dhulku nabad noqdo oo aqoonyahan reerku u baahdo ha la gaaro. Ma dad dhintaa la waayay waryaa! Maxaa adiga ku galiyay dagaalka?"

Wiilkii yaab ayuu kula noqday meeshii uu degganaa. Askartii ay wada shaqaynayeen wuxuu u sheegay in hawlo degdeg ah laga soo sheegay meeshii uu ka yimi oo uu noqonayo. Maalintii xigtay ayaa Ciddiyabirre ku sii daray askar iyo gaari geeya garoonka diyaaradaha.

Cabdi Ciddiyabirre wuxuu maalmo ku mashquulay

beer uu ku leeyahay meel aan magaalada ka fogeyn. Beerta waxaa ka baxa qudaar iyo geedo u badan liin dhanaan, oo uu isleeyahay waxaad u helaysaa suuq markii miraha la qallajiyo oo dibedda ayaa loo dhoofin karaa.

Geedaha liinta ah ma muuqaal fiicna, oo miraha ka baxay qaabkooda iyo dhadhankooda labaduba waa ka duwan yihiin geedaha kale ee ka baxa beeraha u dhow. Beerta wuxuu samaystay mar hore oo magaalada Hurgufe maamuli jiray, laakiin mar walba oo Guuraleged xoog ku soo galo magaalada beertu waa dayacantaa.

Dhawr jeer ayaa geedaha la siibay oo beer kale oo u dhow lagu beeray. Ciddiyabirre markuu soo noqdaba wuxuu baadigoobaa geedihiisii, oo wuxuu geed walba u yeelay summad qarsoon oo uu ku garto, waayo wuu og yahay in waddanka aanu jirin wax aan la dhici karin. Beerta geedihiisa markii la siibo lagu beero waxaa loo sheegay inuu leeyahay Guuraleged, oo markuu qabsado magaalada waxyaabaha ugu horreeya ee uu qabto ay tahay inuu beertiisa geedo badan oo la soo siibay ka soo buuxiyo. Geedahaas qaarna safarka ayay ku dhintaan qaarna waa sii noolaadaan.

Ciddiyabirre wuxuu sheegaa in geedaha markii dhawr goor la bixiyay, oo marba meel lagu beeray, ay qaabkoodii iyo dhadhankoodiiba isbeddeleen.

"Adeer, geedo intaas qax ku jira miyaa mira qurxoon dhalaya!"

Wiilasha la shaqeeya ayaa dhawr jeer ku yiri

waxba summad geedahaaga ha u yeeline, beeraha ay Guuraleged iyo ciidankiisu ka cararaan geedaha ugu fiican mar walba ka soo gooso. Laakiin wuxuu u sheegay inaanu jeclayn in uu beertiisa geed xaaraan ah ku beero.

"Dad aan wanaag lagu arkin miyaan isla simi karaa? Awoowahay ayaa labo goor soo xajiyay, iyagana wallaahi ciyaal iyo dumar inay wax dhacaan maahee xalaalba ma yaqaannaan. Waaba inta aan kaga guulaysanno oo Ilaahay nagu garab siiyo."

Wiil ayaa mar ku yiri: "Adeer, iyaga iyo annagaba Itoobiya ayaa hub na siisee sidee uga diin fiican nahay?"

"Iyaga sannad ayay ku qaadataa annagana waad og tihiin oo labo toddobaad annagoon Adis Ababa u hoyan ayaa wax walba noo soo dhammaadaan, Adeer. Ducaan qabnaa, Adeer... duco."

Kalsoonida ka dhexeysa Hurgufe iyo Ciddiyabirre aad ayay u sarraysaa. Laakiin dad badan oo qabiilka ah ayaa muddo guuxayay, oo ay la tahay inaan Ciddiyabirre daacad ka ahayn adeegga uu u hayo reerka, oo aanu mudnayn in derejada uu ku fadhiyo loo sii daayo. Waxay dadkaasu ku sheekaystaan in labo sano ka hor markii reerkooda laga saaray magaalada, uu Ciddiyabirre labo booyadood oo shidaal ah ka iibiyay ciidammadaii Guuraleged markii ay qabsadeen magaalada. Waxaa kaloo la sheegay in bakhaar Guuraleged ku leeyahay Nayroobi uu iibiyo wiil Ina Ciddiyabirre ah.

Mar la weydiiyay Ciddiyabirre arrimahaas

qaarna wuu inkiray, wiilkiisana wuxuu sheegay in bakhaarku ku furan yahay magac shirkadeed wiilkuna uu shirkadda u shaqeeyo.

"Adeer, heerkaas in tolku isla gaaro ma fiicna. Wiilka anigu idinkama xigo, waana og tihiin anigu inaanan reerkaas xataa salaanta ka qaadin, laakiin maanta adduunkii waa shirkado. Shirkadaha baasna waxay isu keenaan sokeeye iyo shisheeye. Haddaad leedihiin wiilku ha ka tago bakhaarka, waa wiilkiiniiye la hadla oo bal arka inaan idinka celiyo."

Ilaa waagii dagaalladu bilowdeen, reerka waxaa ku badnaa hadallo sheegaya in Ciddiyabirre uu ganacsigiisa iyo danihiisa wax walba ka hor mariyo. Laakiin inta badan hadalkaas gole uu joogo lagama yiraahdo, haddii laga yiraahdana, isagoon xanaaqin ayuu hadal wax ku qaboojin jiray.

13

Cali-Dheere wuxuu u kala safri jiray waddanka oo dhan isagoo hawlo ganacsi ku jira. Intii dagaalladu socdeen waddanka kama guurin, laakiin safarro ayuu in badan ku tagay waddammo deriska ah iyo Carabaha.

Labo sano ayuu mar joogay Baallagudub oo uu ka bilaabay labo ceel oo magaaladu ka cabto. Waqtigaas uu hawsha waday, waxaa isbeddelay maamulkii magaalada oo waxaa kala qabsaday labo ciidan. Labada kooxoodba ma jecla Cali-Dheere, waayo wuxuu in badan ka hadlaa hay'adaha deeqda bixiya, oo uu u arko inay dhufaanayaan kartida iyo kalsoonida dadka. Qolyaha ciidanka ahna waxay gacansaar la leeyihiin hay'adaha, oo waxaa ka soo gala kharash badan oo ay danahooda ku maamushaan.

Cali-Dheere wuxuu ceelka hore ee uu qoday ku bilaabay lacagtiisa. Wuxuu subax walba u tagi jiray shaqaalaha ceelka qodaya wuxuuna la shaqayn jiray ilaa duhurkii. Waa ganacsade weyn oo waddanka laga yaqaan, dadkana waxay markii hore ku ahayd layaab in qof Cali-Dheere oo kale ah intuu badeel iyo qalab qaato, uu gacantiisa kaga shaqaynayo ceel la qodayo.

Laakiin markii ceelkii hore biyo laga helay, ayaa dadkii magaalada oo dhan bilaabeen inay la shaqeeyaan Cali-Dheere. Intii ceelka ka dhinnayd waxaa wada dhisay dadkii magaalada.

Dadkii waxay iska uruuriyeen lacagtii dhinnayd, waxay iska sooceen dhallinyaro subixii iyo galabtii isu qaybiya hawsha ceelka. Dhallinyaradaas oo markii hore iska fadhiyi jiray derbiyada magaalada, oo sheeko waqtiga ku dili jiray, waxay ceelka u arkeen inaanu ahayn keliya fursad biyo macaan magaaladu ku hesho, ee uu yahay jaamacad ay ka baranayeen aqoonta ceel qodidda, kalsooni ah inay wax qabsan karaan, iyo inay shaqada dulqaad u yeesheen.

Wuxuu Cali-Dheere oran jiray: "Nin caato ah oo xorriyad iyo sharaf ku nool ayaa ka fiican nin buuran oo deyn ku buurtay. Wixii aad gacantiinna ku qabsataan idinkaa leh, idinkaana ilaashanaya. Wixii qof kale idiin sameeyo waxay maskaxdiinna ka saaraysaa inaad wax qabsan kartaan. Marka ceel walba naloo qoday, oo xarumaha waxbarashada naloo dhisay, oo cisbitaalkii tayo leh naloogu deeqay, oo laamiga aan marayno nin kale hantidiisa iyo farsamadiisa uu yahay, oo keenna gaajooda uu Carab gacan ka sugo—waxaan noqonaynaa dad aan jirin. Dadka wax na siiyaa nagama fiicna, ee subax ayay dhulkoodii ku dhaqaaqeen oo baahidoodii dabooleen. Markaasay teennii u soo jeesteen. Weligeed qofka wax bixiya ayaa sharafta qaata. Kan isagoon curyaan ahayn, oo dhul la'aani hayn, oo aan karti iyo aqooni ku yarayn, la baray inuu gacan kale sugana waa sharaf dhacaa."

Ceelkii labaad waxaa si buuxda ula wareegay dadkii magaalada oo hantida ku baxday, farsamada, iyo xoogga lagu dhisayba iyagaa keenay.

Dadkii reer Baallagudub kalsoonidii ay ka heleen ceelashii ay gacantooda ku qoteen, waxay u gudbiyeen meelo kale. Waxaa jirtay waddo magaalada soo gasha oo ganacsigu aad ugu xirnaa. Waddada waxaa si xoog leh u gooyay biyo, oo waxaa lagu qasbanaa in laga dego. Dadkii sannad ayay ku qaadatay inay maalinba qayb dhagax iyo ciid ku adkeeyaan. Magaalada waxaa degganaa injineerro aan dadka ka dhex muuqan, waayo aqoontooda looma baahnayn. Hadda waxay injineerradaasu hoggaan ka noqdeen hawlihii waxqabsiga ahaa ee dadku u kaceen. Dadku mushahar ma kala qaadanayn, oo raashinka, biyaha, iyo weliba wixii daawo ah ee loo baahdo inta hawshu socoto waxaa keenayay ganacsatada. Dumarkii dagaallada cuntada u karin jiray ayaa iyaguna maalmahaas kimis badan u dubay dadkii dariiqa dhisayay.

14

Sahro ayaa dhabarka ka taabatay Faadumo, "Eeddo maxaa dhacay? Eeddo?"

Faadumo xoogaa markay aamusnayd ayay maradii iska marisay wejiga. Waxay u jawaabtay Sahro, "Eeddo waxba…, waa iska xusuus iyo dhulkaan wixii ka dhacay."

Weligeed xusuusteeda kama bixin Xuseen. Laakiin inay dib ugu soo noqotay meeshii lagu aasay, ayaa dib ugu celisay galabtii ay ka dul dhaqaaqday qabrigiisa oo qoyan.

Faadumo waxay isku samirsiinaysay, inay fulisay qorshihii Xuseen ku hammiyi jiray oo ahaa in ilmaha la siiyo waxbarsho fiican.

Waxaa bilowday sheekooyin gaagaaban oo muujinaya dhibkii dhacay, oo in badan oo ka mid ah ay Faadumo ka maqnayd. Faadumo inta badan sheekadaas kama qaybqaadanayn oo markii xoogaa la hadlo, ayay hadal dhextaal ah, oo ay dareenkeeda ku muujinayo soo tuuraysay. Waxaa maskaxdeeda ku soo noqday nolosheedii hore iyo dadkii ay taqaannay intaan dagaalladu dhicin. Meelaha baabuurku marayay ayaa Faadumo ku kicinayay dareen xusuuso ah oo dib ugu celinayay yaraanteedii iyo markay xaaska noqotayba. Waxay iska doondoonaysay inay mar uun kala reebto nolosheedii aan dib u soo noqon doonin, oo xusuusashadeedu aanay wanaag u kordhinayn, iyo tan hadda ay ku nooshahay ama u dhiman ee talada uga baahan.

Meelo badan oo magaalada ah ma garanayn oo dib ayaa loo dhisay. Weli raadkii burburku waa ka muuqdaa magaalada iyo waddooyinka, oo adeeggii guud ee dawladda laga sugi jiray weli si buuxda uma soo noqon. Waddooyinka waxaa tuuran ciid roobku keenay oo aan laga gurin oo laamigii dabooshay. Dhawr dhisme ayaa sidii ay ku ogayd u muuqda, inkastoo dayac badan saaran yahay.

Guryo badan oo ay yaraanteedii taqaannay, ama ugu iman jirtay gabdho ay saaxiibbo ahaayeen, ayaa u muuqanayay. Farxad kuma abuurayn guryahaasu. Waxay dareemaysay in gurigu yahay dadka deggan, oo haddii saaxiibbadeed aanay maanta irridda ka fureyn, oo farxad iyo soo dhoweyn kala hor imanayn, aanu micne u samaynayn guriga inay gasho ama dusha ka daawato. Waxaa maskaxdeeda ku soo duxayay xaaladda dadkii ay guryahaas ku taqaannay ay maanta ku jiraan. Waxay xusuusanaysay qaar geeriyooday iyo qaar ay og tahay inay gabow iyo maalmo adduun meelo fog la joogaan. Intii saaxibbadeed magaalada ku hartayna, waxay ogayd dhibka ay u dulqaateen ilaa qaarkood guryahoodii oo u muuqda, ay colaad uga guureen oo xarumo dawladeed ama xaafado fog marti ugu noqdeen.

Waxaa la gaaray xaafaddii oo baabuurka shanqartiisii waxaa ku soo baxday Xaawo oo ku soo orodday dhinicii ay Faadumo fadhiday iyadoon weli soo degin. Irriddii ayay ka furtay oo iyadoo weli kursigii fadhida isku duubtay. Ilmo ayaa indhahooda ku soo joogsatay in cabbaar ahna waa aammusnaayeen, ama waxay lahaayeen ereyo aan micne gaar ah lahayn oo muujinaya hilowga ay isu qabeen. Ereyadaasu isku mar ayay ka soo baxayeen labadoodaba oo uma baahnayn in ay kala sugaan si ay isugu jawaabaan. In cabbaar ah markii ay sidaas ahaayeen ayay Faadumo soo degtay.

"Wallaahi Xaawooy kuma garan lahayn haddaan cidla' kugu arki lahaa!"

"Aniguba ma anigaa ku garan lahaa... Waa iska cimri iyo xaal adduun."

Xaawo ugama hortagi karin saaxiibteed garoonka diyaaradaha, waayo waxay saaka ku maqnayd suuqa xoolaha oo ay ka doontay neef maanta la qalay, oo qado u qalanta soo dhoweynta saaxiibteed ayay ku talagashay.

Faadumo waxaa maskaxdeeda ku dambeeyay muuqaalladii nolosha iyo guryaha Maraykanka, oo qurux gaar ah kama dareemayn guryaha. Galabtii ayaa waxaa guriga yimi Cabdalle oo doonayay inuu salaamo Faadumo. Dabcan Faadumo ma filayn isbeddelka ku dhacay nolosha dadkii xaafadda iyo in Cabdalle maanta yahay qof dad badan masuul ka ah oo noloshooda maareeya.

Iyada iyo Xaawo maalmo ayay wada joogeen oo ka wada sheekaysteen intii ay kala maqnaayeen sidii noloshoodu isu beddeshay. Xaawo oo waddanka joogtay waxay ka sheekaysay dhacdooyin yaab iyo naxdin ku abuurayay Faadumo, laakiin caadi ula muuqday Xaawo. Dhacdooyinka dhacayay ayaa midba mid kale daboolaysay oo wixii maanta laga naxo, berri waxaa dhacayay mid ka daran oo tii shalay u muujinaysay dhacdo caadi ah. Dadku waxay qabatimeen nolol dareen iyo ciriiri joogto ah leh. Waxaa baaba'ay cabsidii badnayd iyo naxdintii, oo dareenkii ayaa la qabsaday noloshii colaadaha iyo burburka.

Faadumo waxay ka sheekaynaysay nolosha Maraykanka oo dhibka ugu weyn uu ahaa cidlada, inkastoo waayadii dambe ee isgaarsiintu badatay, ay iskala qabsatay inay dad meel fog ka jooga wehel ka dhigato. Waxay sheegtay in markay cusbayd ay ku adkaatay la qabsiga nolosha Maraykanku, laakiin markii dambe qaraabadeedii iyo asxaab ay is-heleen ay gacan ka heshay ilaa ay iyadu isku filnaatay. Waxay sheegtay in Aamino iyo Cabbaas ay guursadeen oo midkiiba labo ilmo ah leeyahay, ayna isku magaalo deggan yihiin; in Fu'aad uu shaqo ka hayo Imaaraadka iyo in Rawdo ay tacliinta sare hadda dhammaynayso.

Faadumo waxay maalin raacday Sahro oo suuqa adeeg ka doontay. Waxaa kaxeeyay Cabdalle oo maalintaas shaqada fasax ka ahaa. Waxay sii mareen gurigii Cabdalle hooyadiis iyo walaalihiis degganaayeen oo aan ka fogeyn guriga ay degganayd. Xoogaa ayay salaan u fariisatay ka dibna waxay aadeen suuqii. Sahro waxay u sheegtay Faadumo inay inta badan wax ka gadato haweenay miskiin ah oo meel suuqa geeskiisa ah la fariisata qudaar. Waxay Sahro jeceshahay inay si gaar ah u caawiso haweenaydaas oo uu ka muuqdo faqri ay kaga duwan tahay dadka kale ee suuqa wax ku iibiya.

Faadumo markii ay la hadashay haweenaydii qudaarta iibinaysay, waxay dareentay inay codkeeda taqaan. Markii ay ka dhaqaaqeen, ayay dib ugu soo noqotay.

"Walaaleey codkaaga inaan aqaan ayaan u malaynayaa."

"Wallaahi waa laga yaabaa. Xaggeed degganaan jirteen?"

Faadumo magacii xaafaddooda ayay sheegtay.

Haweenaydii waxay sheegtay inay dhawr sano degganayd xaafaddaas laakiin ay markii dambe meel kale u guurtay.

"All... Dahabo miyaa?!"

"Haa walaal adiga yaa waaye?"

Faadumo xoogaa ayay aamusnayd, "Walaal waa Faadumo oo aad deris ahaydeen."

"Walaal ii warran xaggee deggan tahay hadda?

Muddo kuma arkin dadkii xaafaddana war kama hayo."

"Walaal aniga hadda ayaan soo noqday sidaan markii dagaalladu bilowdeen u baxay. Gabadhaan waxaa dhashay Xaawo. Xaawo ma xusuusataa?"

"Maxamuud xaaskiisii soow maaha? Haa waan xusuustaa."

"Haa gabadhaan waa Ina Maxamuud."

"Maasha Allaah. Wallaahi sannad dhan ayay wax iga gadataa oo si fiican iila dhaqantaa mana garan inay tahay Ina Maxamuud... Eeddo, ii warran hooyo ma nooshahay?"

"Haa, Eeddo. Wallaahi aniga xataa kuma xusuusan, laakiin kolley wax naga dhexeeyay ayaa isu keen keenay waana ku faraxsanahay inaan deris ahaan jirnay."

Dahabo waxaa habeenkii u soo noqotay Sahro oo waxaa la geeyay gurigii.

Waxay ka sheekaysay nolosha isbeddelka ku dhacay iyo sababta ay u fadhido suuqa keligeed.

Waxay sheegtay in Caabbi dagaalladii muddo ka dib dhintay. Inay wiilkoodii Guuleed dhoofiyeen intii waddanku nabadda ahaa. Inuu aaday Iswiidhan, ka dibna loo sheegay inuu Denmark u guuray, laakiin aanay wax war ah ka hayn. Gabadheedii Farxiyo inay joogto oo xaas tahay oo ay wada nool yihiin, laakiin aan ninkeeda iyo iyaduba shaqo hayn.

Faadumo waxaa u sawirnaa muuqaalkii noloshii ay Dahabo ku jirtay waagii hore iyo sida ay maanta tahay.

"Walaal Guuleed ma soo hadlaa?"

"Walaaleey mar toban sano laga joogo ayaan wiil Iswiidhan u socday farriin u sii faray. Wiilkii waa ila soo hadlay oo wuxuu ii sheegay inuu Guuleed Denmark joogo oo uu taleefan kula hadlay uuna ballan qaaday inuu ila soo hadli doono, laakiin ilaa hadda warkiisa ma maqlin. Inaan codkiisa maqlo waa jeclaa intaanan dhiman."

Dhawr maalmood ayaa Faadumo iyo Xaawo taleefanno u dirayeen dad ay ka yaqaanneen Denmark. Waxay u sheegayeen Guuleed qabiilkiisa iyo magaciisa oo saddexan. Ujeeddadu waxay ahayd in laga war helo lagana codsado inuu soo xiriiriyo hooyadiis.

Maalmo ka dib ayaa la soo siiyay lambar taleefan uu leeyahay Guuleed. Intaan hooyadiis loo gudbin lambarkii ayaa waxaa la hadlay Cabdalle.

"Haloow, Guuleed miyaa?"

"Haa, yaa waaye?"

Cabdalle wuxuu xoogaa isku dayay inuu xusuusta Guuleed ka helo magaca Cabdalle. Laakiin kama helin. Markuu xoogaa u sheegsheegay xaafaddii ay degganaayeen iyo dadkii wuxuu si dirqi ah ku xusuustay Xaawo.

"Haye waatan ee la hadal Eeddo Xaawo."

"Eeddo, Guuleed ii warran sidee tahay."

"Eeddo waa fiicanahay... waa ku farxay Eeddo inaan is-helnay. Ii warran bal, xaggee hadda joogtaan?"

"Eeddo annaga waa fiican nahay. Hooyo iiga

warran?"

"Een..., Eeddo hooyo waa iska fiican tahay weli waddankii ayay joogtaa."

"Ma wada xiriirtaan, Eeddo? Yaa la jooga?"

"Farxiyo iyo iyadaba waddanka ayay joogeen laakiin hadda muddo ima soo wicin."

"Eeddo, hooyo way ku raadinaysaa ee taleefankaaga ayaan siinayaa ee bal wada hadla."

"Haye, Eeddo mahadsanid. Igu salaam carruurta."

Isla galabtii ayuu taleefanka ka qabtay hooyadiis. Waxay ahayd in ka badan soddon sano markii ay codkiisa maqashay. Waxay ogaatay in uu hadda keligiis meel deggan yahay, laakiin uu leeyahay wiil ay u dhashay gabar Daanish ah oo aanu muddo ka war qabin. Dad ay taqaan hooyadiis oo deggan meesha uu joogo oo ay xaaladdiisa hoose ka waraysato ma jiraan. Habeenkaas in cabbaar ah ayuu hooyadiis iyo walaashiis la hadlayay.

Dahabo imaanshaha Faadumo waxay u qaadatay inay ahayd doonasho Ilaahay ugu soo beegay inay wiilkeedii ka war hesho. Mar hore ayay niyaddeeda ka saartay inay maqli doonto codka wiilkeeda ama ay muuqiisa arki doonto, laakiin hadda waxaa soo bidhaantay yididdiillo ah in muuqaalkiisa la arki doono. Kama ay filayn waxtar uu iyada u geysto, laakiin waxay ka welwel qabtay noloshiisa, waayo maqnaanshihiisa joogtada ahi wuxuu ku beeray welwel markii dambe iska sii yaraaday. Waxay dareemaysay in ay sii qallalaysay xubin jirkeeda ka mid ah oo ay ka dareemi jirtay jacaylka iyo

ka welwelka ilmaheeda. Hadda waxaa dib u soo
noolaadaay dareenkii hooyannimo, oo waxay
bilowday inay ku fekerto wiilkeedii oo sida wiilasha
kale iyo waalidkood ay u wada joogaan ama u wada
hadlayaan. Waxay dareemaysay in gabadheedu heli
doonto wehel walaalnimo aanay muddo haysan.
Habeenkaas inta badan hadba waxay Dahabo ka
soo kacaysay hurdada oo intay gogosha soo fariisato
ayay dhex muquuranaysay xusuus hore, rejo, iyo
welwel ay ka qabto mustaqbalka reerkeeda.

Dhawr maalmood oo dambe ayay Dahabo iyo
wiilkeedii wada hadleen. Waxay ka wada hadleen
taleefan muujinaya qofka wejigiisa. Guuleed
aragtida hooyadiis waxay ku abuurtay dareen cusub.
Hadalkeedii, xaaladda uu ka dareemay nolosheeda,
iyo sida walaashiis iyo ilmaheedu ula hadleen waxay
ku ahayd sida qof madaxa laga saaray koronto dib
u saxday dareemayaashiisa. Labo bilood ka dib wuu
soo safray oo Cabdalle ayaa ka soo qaaday garoonka
diyaaradaha.

Wixii la soo marayba, waxay ahayd waqti farxad
iyo dib u curasho ay qoyskaasu noloshoodii ku
kabayeen.

Guuleed wuxuu ka murugooday in hooyadiis
suuqa qudaar ku iibiso iyadoo ku noolayd nolol
aad u sarreysay waagii hore. Hooyadiis waxay u
sheegtay in ay u aragto shaqo fiican oo si walba uga
habboon inay qof kale wax ka qaadato.

"Hooyo, dhib ma laha inaan shaqo qabto.
Noloshaydu haba ka hoosayso dadka qaarkiis iyo

sidii aan ahaan jiray, laakiin waa mid aanan ceeb iyo dullinimo ku qabin. Dad kale wax ma tari karo sidaan ahaan jiray, laakiin in wax la i taro oo aan qof kale culays saarana waa ka badbaaday."

Guuleed soo noqoshadiisu waxay ku abuurtay inuu naftiisa dib su'aalo u weydiiyo. Wuxuu isula muuqday qof iswaayay oo hadda dib isu helay. Maalinba hadalka walaashiis iyo hooyadiis iyo aragtidooda ayaa dib u shidayay dareen ku jiray oo shiiqay laakiin weli hoosta ka noolaa. Maalmihii uu maqnaa iyo meesha noloshiisu ka qaldantay ayuu dib uga fekeray. Intii aabbihiis noolaa ama aan dhibku waddanka ka dhicin looma baahnayn, oo isagaa noloshiisa iyo wixii uu helo isku fillaysiin jiray. Hanti loo diri jiray iyo mid uu shaqaystayba wuxuu ku maamuli jiray noloshiisa Yurub.

Wuxuu ku noolaa nolol raaxo u badan. Noloshaas raaxada ayaa u noqotay baahi aasaasi ah oo, hadduu waayo, uu isu qaadan jiray in wax ka dhiman yihiin. Waqti aan badnayn ayuu guursaday gabar reer Yurub ah, oo iyaduna bartay in waxa ugu badan ee waalidka loo qabto ay tahay, in Maalinta Hooyada loo diro warqad duuban, oo ereyada qurxoon ee ku qoran horay loogu sii daabacay. Maadaama aanu warqad u diri karin dhulkii, taleefanna aanu ka haysan hooyadiis, wuxuu isku qanciyay in aan waxba looga baahnayn. Dadka caddaanka ah ee uu saaxiibbada la ahaa waxaa caadi ka dhex ahayd in qofku, haddii ay waalidkiis masaafo ahaan kala fog yihiin, aanu hawl badan iska saarin doonistooda iyo xiriirintooda.

Mawjado badan ayuu hadba dhex muquurtay. Soomaalida joogta meelaha uu degganaa aad uguma xirnayn, oo markuu shaqeeyo wuxuu la saaxiib ahaa dadka ay wada shaqeeyaan, haddaanu shaqayna keligiis ayaa cidladiisa ku noolaa.

Maalmaha uu la joogay hooyadiis, dadka xaafadda sheekadooda iyo reeraha ilmahoodu maqan yihiin sida ay ku noolaayeen, ayaa iyaguna sii soofaynayay dareenkiisa. Marmar ayuu keligiis murugo aanu soddon sano dareemin dhex galayay. Wuxuu tagi jiray makhaayad shaah laga cabbo oo intuu meel gees ah fariisto ayuu feker u baxayay. Xisaabtan uu noloshiisa su'aalo ku weydiinayo ayuu ku fogaanayay.

Guuleed waa la sii sagootiyay maalintii uu noqon lahaa. Markuu garoonka diyaaradaha hooyadiis ku sii salaamayay wuxuu isku celinayay ilmo. Waxaa u muuqday in soddon sano ka badan aanu noloshiisa ku xisaabin karin. Wuxuu iskula ballamayay inuu qof cusub noqdo.

Markuu ka degay garoonkii diyaaradaha ee Koobenheegan, ayuu la soo hadlay hooyadiis, isagoo oohin isku celinaya hadalkuna ku adag yahay. Wuxuu u ballanqaaday inay arki doonto Guuleed. Guuleed cusub.

Xiriirkii uu la lahaa hooyadiis iyo walaashiis aad ayuu u wanaagsanaaday, weliba wuxuu wax weyn ka beddelay noloshiisii iyo xiriirkii uu la lahaa bulshada Soomaalida ah ee ku nool magaalada uu joogo. Muddo aan badnayn ka dib, wuxuu ku noqday dhulkii oo mar kale u tagay hooyadiis.

Joogitaanka Guuleed waxaa ka war helay dad badan oo ay qaraabo ahaayeen oo magaciisa keliya maqli jiray. Waxaa la baray dad badan oo aan ka bixin waddanka iyo kuwo dib ugu soo noqday. Wuxuu go'aansaday inuu guursado oo guri ka samaysto meel aan ka fogayn hooyadiis si ay ilmihiisa u aragto.

Waxaa weli maskaxda Guuleed ka bixi la'aa nolosha isbeddelka ku dhacay. Sida ay u ahaayeen reer maalqabeen ah oo nolol sare ku nool, iyo sida ay hadda yihiin. Dahabo waxay ku tiri:

"Hooyo, lahaanta iyo la'aantu waa siman yihiin. Waxaa jira qof faqriga u adkaysan kara laakiin maalintuu wax helo dhaqankiisa, caafimaadkiisa, iyo caqligiisuba hoos u dhacaan. Waxaa kaloo jira qof markuu faqiiro sidaas u baaba'a oo adkaysan waaya. Annagu, hooyo, dhib ma qabno oo labada jeerba raalli ayaan ku nahay nolosheenna, wax ceeb ama dembi ahna midna kuma galin, marka isbeddelku wax micne ah ma laha."

15

Waxaa Faadumo qado u sameeyay wiil uu dhalay Cali-Dheere oo Muuse la yiraahdo, oo ay isugu dambeysay waagii ay waddanka ka tagaysay. Wiilku hadda waa xildhibaan oo wuxuu deggan yahay guri la ilaaliyo. Carruurtiisu waxay deggan yihiin Nayroobi oo uu sannadkii dhawr goor tago. Wuxuu u sheegay Faadumo in nolosha noocaas ah aanu raalli ka ahayn laakiin uu sidaas ka badin waayay.

Wuxuu isbaray Faadumo iyo xaaskiisa oo maalmahaas Nayroobi ka timi. Sheeko dheer oo ah wixii dhacay intii la kala maqnaa ayuu ka sheekeeyay Muuse. Wuxuu sheegay in waqtigii hore waddanka dagaallo ka socdeen, oo nimanka waddanka ugu xoogga weyn ay ahaayeen kuwa ugu hubka badan. Hubka waaweyn ninka haystaa wuxuu noqon jiray *madax*, wuxuuna 'qabsan' jiray degaan ballaaran.

Markii Soomaalida la isu keenay ee la sameeyay Baarlamaanka, waxaa raggaas lagu maslaxay inay hubka iska dhigaan oo siyaasad wax ku doonaan.

Waxaa dhib ahayd in lagu qanciyo inay warqad iyo hadal ku muujiyaan cabashadooda. Waagii hore waxay codkooda ku muujin jireen inay qiic ka kiciyaan xaafado dhan, oo qaylada dadka qaxaya iyo shanqarta madaafiicdu isqabsato. Waxaa loo kala cod weynaa sida loo kala madaafiic weyn yahay. Hadda waxaa la tusay wax la yiraahdo *xeer hoosaad*, oo ah qodobbo tusaya sida xubnaha baarlamaanku u shaqeeyaan. Waxaa nimankii xoogga lahaan jiray markii hore ku adkaa in iyagii iyo dad aan wax hub ah haysan jirin, oo buugaag iyo jaakado wata la simo, oo la yiraahdo waxaad tihiin isku cod.

Waxay xoogaa u bogeen waxa la yiraahdo *mooshinka* oo ay isyiraahdeen wuxuu idiin beddeli karaa madfacii weynaa. Madfaca waxaa lagu beegi jiray jihada la weerarayo waana la ridi jiray. Mooshinka waxaa lagu beegaa qof la ridayo. Madfacu markuu dhaco in hadafkiisii lala gefo iyo in lala helo labadaba waa dhici kartay. Mooshinka riditaankiisa in lagu hawshoodo waa laga yaabaa, oo dad badan waa inay saxiixaan oo codeeyaan, laakiin hadduu mar dhaco ma gefo bartilmaameedkiisa, oo Madaxweynaha, Guddoomiyaha Baarlamaanka, ama Ra'iisul Wasaaraha ayuu toos ugu dhacaa.

Muuse waxaa ka muuqatay rejo ah in waddanku soo kabanayo oo nabaddii iyo dawladnimadii soo noqonayaan. Intii dagaalladu socdeen wuxuu degganaa waddanka. Wuxuu isu qiyaasi karay isbeddelladii dhacayay ilaa waagii uu yaraa, oo hadda waxa ugu weyn ee rejada siinayay wuxuu ahaa in shacabkii soo fahmayaan qiimaha dawladnimada.

Fahamkaas shacabku wuxuu aasaas u noqon karaa in la wada taageero sharciga, oo laga leexdo godadkii lagu baaba'ay ee colaadda iyo burburka keenay. Laakiin haddana waxaa xoogaa welwel ku hayay in sidaas wax loo fahamsanaa waagii xorriyaddoonka, oo Soomaalidu midaysnaayeen oo isjeclaayeen, hal meelna uga soo jeedeen gumeysiga. Wuxuu isweydiiyaa: maxaa fahamkaas iyo xamaasaddii la socotay demiyay oo keenay in la islaayo oo wax walba la burburiyo.

Mar kasta oo garashada shacabku kor u kacdo, ma la ballanqaadi karaa in garashadaasu aanay hoos u soo dhici doonin? Su'aalo badan ayaa ka guuxayay Muuse laakiin uma hayn jawaab muuqata.

Wuxuu marmar u tagi jiray aabbihiis Cali-Dheere iyo Maxamuud oo siin jiray talooyin ay ka kororsadeen khibraddii xorriyaddoonka iyo dawladnimadii Soomaaliyeed.

Maxamuud oo aad wax u akhrin jiray ayaa maalin siiyay tusaale fiican oo ku saabsan mooshinka. Wuxuu yiri:

"Adeer, waagii Aayatullaahi Khumeyni soo saaray fatwada lagu dilayo qoraagii la oran jiray Salmaan Rushdi, waxay ahayd markii ugu horreysay ee reer Galbeedku maqlaan ereyga ‘*fatwa*’. Markaas ayay qaamuusyada qaarkood ku qeexeen fatwo inay tahay xukun uu rido shiikh Muslim ah oo lagu dilayo qof kale. Hadda waxaad mooddaa in xildhibaannadeennu mooshinka keliya ee ay yaqaannaan uu yahay mid Madaxweyne ama qof kale lagu ridayo. Adduunka mooshinnada waxaaa lagu hagaajiyaa siyaasadda, waxaana lagu xoojiyaa waddanka iyo adeegga bulshada."

Galab ayuu Maxamuud weydiiyay inuu talo ka siiyo waxa derejada xildhibaannimada uu ku hagaajin karo. Maxamuud wuxuu u sheegay in aanu keligiis wax weyn qaban karin. Wuxuu u sheegay in xildhibaanku ka mid yahay xubno baarlamaan oo markay iswaafaqaan wax hagaajin kara. Wuxuu kula taliyay inuu kala saaro danaha kooxaha ay xildhibaannadu kala matalaan iyo tan guud.

"Adeer, kolley dano gaar ah waad yeelanaysaa, haba ugu horrayso inaad meeshii lagaa soo doortay wax u doontide, laakiin maalinta ay taagan tahay wax si guud dalka u hagaajinaya, weligaa isku day inaad tan guud u eexatid."

Maxamuud wuxuu kaloo Muuse kula taliyay inuu si fiican ugu fiirsado meelaha dhibku ka soo bilowdo. Tusaale ahaan, wuxuu u sheegay in marka qofku derejo raadinayo, uu u baahan yahay hanti iyo dad xoojiya musharraxnimadiisa. Baahidaas ayaa ku qasabta inuu qaado ballamo laga sugayo inuu hadhow fuliyo. Markuu derejadii helo oo xukunka qabto, ayaa waxaa u soo fariista dhammaan intii abaalka ku lahayd oo danahooda miiska soo saara.

"In kastoo in wax la doorto habboon tahay oo

ka fiican tahay in dadka xoog loogu taliyo, haddana waddada loo maro ayaa waxaa galay bahallo danaystayaal ah oo ninkii xukun u socdaba cirbad ku sii tallaala." Ayuu yiri Maxamuud.

"Tallaal sidee ah, Adeer?" Ayuu yiri Muuse isagoo qoslaya.

"Adeer, ganacsato ayaa lacag siiya oo hadhow intii ay siiyeen in faa'iido loo saaro raba. Siyaasiyiin kale ayaa garab siiya oo hadhow inuu iyagana derejooyin siiyo weydiista. Dawlado shisheeye ayaa talo iyo taag isugu geeya inuu wax noqdo, hadhowna danahooda inuu u fuliyo u soo fariista."

Wuxuu u sheegay in nidaamka doorashooyinku u baahan yahay in si fiican loo ceebtiro. In la hubiyo bilow ilaa dhammaad ololaha la galayo, hantida la kala qaadanayo, taageerooyinka la helayo, iyo hadallada lagu hadlayo. Wuxuu sheegay taasi inay yaraynayso qaladaadka dhici kara hadhow marka qofku qabto derejo.

Muuse wuxuu weydiiyay Maxamuud in ay habboon tahay in xildhibaannada laga dhigo jaamiciyiin. Maxamuud wuxuu sheegay inaanay muhiim ahayn,

"Adeer, qofku inuu xilkas noqdo uma baahna jaamacad. Laakiin in tababbar gaar ah la siiyo xildhibaannada, oo habka ay u shaqeeyaan iyo masuuliyadda saaran la dareensiiyo waa muhiim. Wixii aqoon u baahan waxaa qaban kara shaqaale ay wadaagaan xildhibaannadu ama la-taliyayaal Soomaaliyeed. Xildhibaanku waa qof kalsooni la siiyay oo ammaano dhabarka loo saaray. Inuu kalsoonidaas dhowro, oo ammaanadaas culayskeeda dareemo, ayaa muhiim ah—taasna qofka dadnimadiisa ayay ku xiran tahay marka hore; marka labaadna sida guddoonka baarlamaanku u hubiyo in xildhibaan walbaa masuuliyaddiisa ugu soo jeedo.”

“Adeer Maxamuud, dhawr waddan oo aan tababbar u tagay waxaan ku arkay in qaabka ay dawladnimada u maamushaan aad uga duwan tahay sida aan annagu wax u wadno. Waddammada qaar dhawr boqol oo sano ayay si hufan u wateen dawladnimada wax burbur ahna kuma dhicin. Shacabku kama sheekaystaan siyaasad mana daneeyaan isbeddellada wasiirrada iyo xubnaha dawladda mana kala yaqaannaan.”

“Adeer, waxaan u malaynayaa in qaabka ay dalwadnimadooda u dhiseen salka ku hayo dhaqankooda, oo maaha wax meel kale looga soo dhoofiyay. Qofka marka noloshiisu iswada leedahay, oo aan qaarba meel laga keenin, si fudud ayuu u maamulan karaa. Haddii kale maalinba dhinac ayay ka dillaacaysaa.” Ayuu yiri Maxamuud.

“Annaga, Adeer, nolosheenna siyaasadeed qaybaha aan islahayn oo meelaha kala duwan laga keenay waa kuwee?”

“Adeer, gumeysiga ka hor, Soomaalidu ma lahayn dawlad. Gumeysiga ayaa keenay magacyada *baarlamaan*, *madaxweyne*, *wasiir*, *dastuur*, iyo hab maamulka aan hadda wax ku qaybsanno. Annagu waxaan lahayn xeerar aan dhaafsiisnayn degaanka qabiilka—oo daaqa, colaadaha, iyo arrimaha bulshada dhex mara lagu maareeyo. Markii gumeystuhu naga tageenna, sidoodii ayaan wax ku qaybsannay."

"Haa. Marka maxaa noo diiday inaan sidooda nabad iyo barwaaqo ugu helno, illeyn iyaguba waa kuwaas degganaanta ku helaye?" Muuse ayaa weydiiyay Maxamuud.

"Fiiri, Adeer... Dawladda reer Galbeedku waxay ku socotaa aragti siyaasadeed. Tan Carabuhuna abtirsiimo qabiil—oo wiilku aabbihiis ayuu talada ka dhaxlaa. Reer Galbeedka dadku waxay kala taageeraan aragtiyo siyaasadeed, Carabtuna waxay u kala hiilliyaan qabaa'il. Carabtu sidaas waa isku og yihiin oo qabiilka ceeb uma haystaan, reer Galbeedkuna habkaas ay isu maamulaan waa ku heshiiyeen. Soomaalidu tii reer Galbeedkana way ku heshiiyeen, oo sida muuqata iyadaa noo qoran, laakiin tii Carabta ee abtirsiimaha qabiilkana si xoog leh ayaan ugu dhex wadnaa. Waxaan samaysannaa xisbi magac siyaasadeed leh, sida: Xisbiga Dimuqraadiga, Xisbiga Ummadda, Xisbiga Waddaniyadda... Laakiin qabiil gaar ah ayaa xisbigaas maamul iyo xubnaba ka ah. Sidee reer hebel keligood *Dimuqraaddiyadda* ama *Waddaniyadda* u matali karaan? Waa markaan ku leeyahay waxaan islahayn ayaan afka isu galinaynaa."

Waxaa la soo fariistay Cabdalle oo galabta ku maqnaa meel cisbitaal ah oo uu ilmo yar geeyay.

Salaan ka dib sheekadii ayuu cabbaar dhegaystay.

"Adeer, hadalkiinna aad ayaan uga helayaa. Maxaa horta diiday in qof walba ka shaqeeyo wanaagga, oo la iska daayo eexashada iyo wahsiga, oo wixii lagu heshiiyo sidii loogu heshiiyay loogu qaban waayay?" Ayuu yiri Cabdalle.

"Adeer, qof keligiis meel ku nool ayaa siduu rabo wax u wadan kara. Haddii labo qof meel isugu tagaan waa iska dabiici in doonitaankoodu kala duwanaado. Markaa waa in qof walbaa diyaar u yahay inuu wax ka tago. Haddii kale wada noolaanshuhu ma hagaagayo. Niman hore oo aqoon lahaa, sida: Balayto iyo Faaraabi ayaa isku dayay inay qoraal ugu saldhigaan magaalo bulsho wax walba sidii la rabay u socdaan, oo qof walbaa meeshii ku habboonayd ka joogo, go'aammada lagu maamulayaana wada saxan yihiin. Laakiin fikraddaasu buuggii ay wax ku qoreen ma soo dhaafin oo ma noqon fikrad dhaqangali karta. Lama hayo bulsho aan dembi, gaabis, iyo ceebo lahayn. Laakiin sida looga hortago dembiyada, ama loo saxo gaabiska, ama loo kabo ceebaha, ayaa lagu kala horreeyaa. Waayay oo waa iska khayaal."

"Sidee, Adeer, kula tahay in hadda wax loo hagaajin karo haddii waa hore wax soo xumaadeen?" Muuse ayaa weydiiyay Maxamuud.

"Adeer, waxay ila tahay inaan degdeg wax loo toosin karin. Waddada iigula dhow waa in la helo dad si wanaagsan wax u maamula, oo markaa lagu daydo, oo dadka iyaga maamulka ka dhaxlayaa

sidoodii wax u sii wadaan. Haddii dadku mar la
qabsadaan wanaagga waa la sii wadi karaa, haba la
kacaakufee."

16

Galabta qorraxda daruuro khafiif ah ayaa qariyay. Maxamuud, Xaawo, Faadumo, Muumino, Cali-Dheere, iyo Dahabo ayaa fadhiya daaradda guriga Cabdalle. Si fog ayay uga sheekaysteen isbeddelka ku dhacay nolosha Soomaalida iyo sida colaaduhu u qaabeeyeen dhinac walba oo ka mid ah nolosha. Waddanka oo dhan waa loo war hayaa oo waxaa fududaaday isgaarsiintii, waxaana muuqda in laga sii baxayo mawjaddii kacsanayd ee colaadda, laakiin raadkeeda in laga gudbo ay u baahan tahay waqti iyo dhallinyaro u kacda oo isbeddel u keena dadka.

Waxay isweydiinayeen sida wixii colaaddii lagu baaba'ay keenay looga hortagi karo inaanu mar dambe soo labakaclayn. Dumarku iyagu waxay lahaayeen annagu dumar ayaan arrimahan ka nahay oo talo kuma lihin, laakiin Cali-Dheere ayaa ugu jawaabay in dumarku yihiin kuwa dhibka ugu weyn ku dhacay kuna dhici doono.

"Dabcan eedda xooggeeda raggaa leh oo dhaqankeenna iyagaa talada haya, dagaalkuna iyaguu gaar u yahay. Laakiin haddii dumarku isku raaci lahaayeen inay raggooda ka joojiyaan dagaalka, waxaa laga yaabaa in culaysku, ugu yaraan, naga fududaan lahaa."

Dahabo ayaa sheegtay in ay jireen dumar hoo iyo hadalba ku taageeray dagaalladii oo qayb ka ahaa abaabulladii dhacayay.

Kulligood waxay ku faraxsanaayeen in ubadkoodii hadda dad waaweyn oo talada ku jira yihiin. Waxay rejadoodu ku buuxsantay in ilmahooda iyo ubadka ay dhalaan samayn doonaan wacyi nololeed ka qurxoon kan iyaga noloshoodii kala dhantaalay.

Hadalka galabtaas la isu keenay waa baahsanaa oo qodobbo kooban ma lahayn. Dhibka waddanka ka dhacay ayaa sidaas u baahsanaa oo ay adkayd in hal ama labo qodob laga abbaaro.

Waxaa dib loogu noqday xamaasaddii gobannimadoonkii 40-aadkii ilaa 60-kii.

Maxamuud ayaa yiri, "Sawirka u muuqday raggii gobannimadoonka waxaa meel weyn kaga jiray joogitaankii shisheeyaha. Laguma fekerin sida marka Soomaali keliya isu harto loo ilaalin lahaa ama loo kala ilaalin lahaa."

Waxaa dareenkaas mid ku dhow qabay Cali-Dheere oo yiri, "Dhallinyaradii gobannimadoonku ceeb ma lahayn oo cadaw waddankoodii soo degay uma dulqaadan karin, laakiin noloshii ay gumeysiga ka hor yaqaanneen laguma noqon e, waxaa faraha loo galiyay dawladnimo aan horay loo aqoon, oo aan gumeysigii marti ugu ahayn. Gumeystuhu isagaa markiiba tababbar u qaaday dadkii waddanka maamuli lahaa, oo weli waa lagu sii xirnaa."

Maxamuud ayaa yiri, "Aqoontu dhib ma ahayn oo dadka in la tababbaro sideeda xumaan uma keenin, laakiin dadkii filayay in cirku roob keeni doono oo janno la geli doono markii gumeysigu tago, ayaa wixii ay filayeen iyo wixii la helay isu qaban waayeen. Waxaa kaloo jiray xanuunnadii bulsho walba lagu yaqaannay, ee eexda iyo damacu u badnaayeen, in ay dawladnimadii dhexda ka gashay."

Faadumo iyadu waxay qabtay in dhibka u weyn ahaa in dad badan dawladnimada u qaateen sida hub haddaanu gacantaada ku jirin, ay dhici karto in adiga lagugu dilo.

"Markii dadka qaar u arkayeen in dawladnimadu dad kale u yeeshay xoog aanay mudnayn, oo siisay hanti aanay mudnayn, oo dad kale ay qabeen in lagu laayay magac dawladnimo ama hantidoodii lagu dhacay, waxaa iska dabiici ahayd in dawladnimada loo arko hub gacan cadaw ku jira oo in laga soo qaado ay tahay."

"Wixii la wadaago waa in loo sinnaado. Soomaaliduna si fudud uma aqbalaan gardarrada iyo in xaqoodii la qaato. Eexashada ilaa lixdankii waa la sheegayay, dawladaha hadda jirana weli waa laga sheeganayaa.” Ayay ku dartay Faadumo.

Cali-Dheere isagu wuxuu farta ku fiiqayay in mar walba sida qofku sharaftiisa iyo hankiisa inuu ilaashado ugu dadaalo, oo ceeb uga fogaado, loo baahan yahay in magaca guud iyo wadajoogga Soomaalida sidaas ceebta looga dhowro.

“Qofka Soomaaliga ah sidiisa waa u sharfan yahay. Laakiin nolosheennii baadiyaha waxay u badnayd in qofku inta badan keligiis noolaa, oo uu isagu xoolihiisa iyo qoyskiisa u talin jiray, sharaftiisa iyo tan qoyskiisana ilaashan jirey. Markii ciidan ama gurmad kale loo baahdana qabiilkiisa wax la qaybsan jiray. Wadajirka qabiilkiisa wax ka badan ma aqoon. Haddii uu wadajirkaas waayana, waa noolaan karay oo dhib uma arkayn. Ilaa hadda sharafta qabiilka gar iyo gardarraba waa lagu ilaaliyaa, ee waxaa naga maqan in taas xoogaa kor loo qaado oo Soomaalinnimada iyo waddanka la gaarsiiyo. Wadajirka guud inuu micne leeyahay ayaan fahmi la’ nahay.”

Cabdalle oo ka war haya sida dhallinyaradu hadda u fekerto, ayaa ku darsaday in xoogaaga qabyaaladda ah ee dhallinyarada dhex taal uu yahay taariikh loo xambaariyay oo aanay bilowgeedii waxba ka ogeyn.

“Waa ku kaftannaa qabyaaladda laakiin intaas ma dhaafsiisna. Aniga weligey maba arkin qof xun iyo qabiil xun midna. Qabiilka la ii sheego inay dhib ama xumaan leeyihiin, waxaan isdhahaa malaha kuwa aad taqaanid ma xuma ee kuwa meel kale jira ayaa xun, waayo dhawrka qof ee aan ka aqaan waxba igama duwana.”

Maxamuud ayaa u jawaabay Cabdalle.

“Adeer, cimrigu waa sida cajalad wax duubta. Annagu xataa qabiil xun weligeen ma arkin, laakiin taariikho yaraantii naloo soo dhiibay iyo dhacdooyin aan hal dhinac ka eegnay ayaa noo sameeyay fahan baas oo dadkii midabbo noogu yeelay. Qofka da’da ah wuu awoodaa inuu iska tirtiro dhaxalkii lagu soo raray yaraantiisii iyo qaladaadkii uu istusay oo dhallinta u gudbiyo dhaqan iyo taariikh caafimaad qabta oo noloshooda isu keenta.”

Faadumo muddo ayay waddanka ka maqnayd oo waxaa u muuqday in dadka waddanka joogaa ka caafimaad badan yihiin kuwa qurbaha.

“Idinkoo colaadihii joogay ayaa naga fiican oo naga badiya in aan qabyaalad micne lahayn. Laakiin qof tuulo Yurub ama Maraykan ku taal deggan, oo aan ogeyn waxa waddanka ka socda ayaa taleefan iyo wararka internetka ka ogaada in qabiilkiisu weligood khayr ka shaqaynayeen dadka kalena belaayo ka shaqeeyaan.

Shaaha geedaha leh ee la cabbayay iyo dhirta ubaxa leh ee ku hareeraysnaa daaradda ay fadhiyeen, qorraxda sii liicaysay iyo midabbada ay guriga derbiyadiisii caddaa u yeelaysay, waxay sameeyeen muuqaal lagu nasto oo sheekadu si raaxo leh ugu soo maaxato.

Kulligood waxay ku faraxsanaayeen in ubadkoodii hadda dad waaweyn oo talada ku jira yihiin. Waxay rejadoodu ku buuxsantay in ilmahooda iyo ubadka ay dhalaan samayn doonaan wacyi-nololeed ka qurxoon kan iyaga noloshoodii kala dhantaalay.

Roob cirka ka soo muuqday ayaa kala kiciyay fadhigii. Muumino ayaa tiri, "Khayrka roobkaasi la curan doono, Ilaahay mid Soomaali raadkii colaadda ka *soo doojiya* ha noogu soo daro."

Aamiin.
Aamiin.
Aamiin.

Cirkoo da'aya oo meel dalsana Daayin ku abbaaray
Oo sagalku daafaha ka xiray dirirka roobeeya
Oo seermaweydiyo dihine lagu dul joogteeyay
Oon dhibicdu danabiyo lahayn jac iyo duufaanno
Oo karartu darandoorrisaye dayatay raadkeeda
Oo kii horoo da'ay nimcadu dulundulcaynayso
Oo dalaggu noo soo baxayee darar la maalaayo
Iyo waxay nafluhu doonayaan dibuheshiisiine
Fursad dahabiyaa idin hor taal doqoni waa mooge

Daruur hoodhay daadkoo rogmaday tog iyo dooxooyin
Oo doogga baarka leh xareed dacalka loo saaray
Oo deris biyood waa rahee dananayoo riimay
Oo daaqa meeshaa ku yaal damacda laabtaadu
Oo haadka kaymaha dugsaday hoos u degi waayay
Oo aan sabaankiyo la degin gugiyo dayrtiisa
Oo sahanku doorbiday inuu awrka kaga daadsho
Oo aan dugaag lagu ogeyn dacawo mooyaane
Iyo waxay nafluhu doonayaan dibuheshiisiine
Fursad dahabiyaa idin hor taal doqoni waa mooge

—Abshir Bacadle: Dib u heshiisiin.

Allow yaa dadkii wada dhashoo laysku dacareeyey
Allow yaa Ilaahay dartii dib u heshiisiiya
Allow yaa mar kale daawada deris wanaaggooda

—Abshir Bacadle: Dib u heshiisiin.

Wixii farriin ah oo la xiriira buuggan, fadlan ku soo hagaaji: buuggasoodoog@gmail.com.

www.ingramcontent.com/pod-product-compliance
Lightning Source LLC
Chambersburg PA
CBHW051924110726
47902CB00002B/407